EL VENDEDOR
DE TABACO

Robert Seethaler

EL VENDEDOR
DE TABACO

Traducción del alemán de
Ana Guelbenzu

narrativa
salamandra

Título original: *Der Trafikant*

Ilustración de la cubierta: Universal Images Group / Getty Images

Copyright © Kein & Aber AG, Zurich, 2012
Publicado por acuerdo con Ute Körner Literary Agent, Barcelona
www.uklitag.com
Copyright de la edición en castellano © Ediciones Salamandra, 2018

Publicaciones y Ediciones Salamandra, S.A.
Almogàvers, 56, 7º 2ª - 08018 Barcelona - Tel. 93 215 11 99
www.salamandra.info

ISBN: 978-84-9838-897-8
Depósito legal: B-22.483-2018

1ª edición, octubre de 2018
Printed in Spain

Impresión: Romanyà-Valls, Pl. Verdaguer, 1
Capellades, Barcelona

Para Leo

Un domingo de finales del verano de 1937 se desató una tormenta de violencia inusitada sobre la región de Salzkammergut. Hasta entonces, la vida de Franz Huchel había discurrido como un goteo anodino, pero esa tormenta le provocaría un vuelco tan súbito como trascendental. Ya con los primeros estruendos de los truenos lejanos, Franz corrió a la cabaña de pescador que habitaban él y su madre en el pueblecito de Nußdorf, a orillas del lago Attersee, y se arrebujó bien en su cama, a salvo en su cálida guarida de plumones, para escuchar los inquietantes rugidos. La tempestad sacudía la cabaña entera. Las vigas gemían, fuera los postigos daban golpetazos y en el techo aleteaban las ripias de madera cubiertas de musgo espeso. La lluvia, impulsada por las ráfagas de viento, arreciaba contra los cristales de las ventanas, donde unos cuantos geranios desmochados se ahogaban en sus macetas. En la pared, encima del cesto de la ropa vieja, se tambaleaba un Jesucristo de hierro, como si por momentos fuera a arrancarse los clavos, soltarse y saltar de la cruz. Y en la cercana orilla se oía el estrépito de las barcas de los pescadores, zangoloteadas contra las estacas por un oleaje furioso.

Cuando por fin la tormenta amainó y el primer rayo de sol, tímido, se acercó hasta la cama por el suelo de tablones, ennegrecido de hollín y surcado por generaciones de pesadas botas de pescador, Franz se hizo un ovillo en un breve arrebato placentero para, acto seguido, asomar la cabeza por encima de la manta y mirar a su alrededor. La cabaña seguía en pie, Jesús continuaba colgado en la cruz y al otro lado de la ventana, salpicada de gotas de agua, brillaba el pétalo solitario de un geranio como un destello de esperanza rojo intenso.

Salió de la cama y se dirigió a la cocinilla para poner a hervir un cazo con café y leche entera. Bajo la encimera, la leña se había mantenido seca y ardía como si fuera paja. Estuvo contemplando las llamas del hogar un rato, hasta que la puerta de la cabaña se abrió de repente con un chirrido. En el umbral, junto al marco bajo, estaba su madre. La señora Huchel era una mujer delgada de cuarenta y tantos años, aún muy atractiva, aunque un poco demacrada como la mayoría de los lugareños, que acusaban el trabajo en las minas de sal, los establos o las cocinas de las fondas de veraneo de la zona. Se quedó allí de pie, sin más, con una mano apoyada en la jamba, resollando y con la cabeza un poco gacha. Tenía el delantal pegado al cuerpo, sobre la frente le caía el cabello en mechones enredados y las gotas de agua le resbalaban por la punta de la nariz. Al fondo, la cima del Schafberg se erguía tenebrosa hacia las nubes grises, donde aquí y allá ya iban apareciendo manchas azules. Franz pensó en la imagen tallada de la Virgen María que alguien había clavado tiempo atrás en la puerta de la capilla de Nußdorf y que ahora estaba tan corroída que resultaba irreconocible.

—¡Estás empapada, mamá! —dijo, y atizó el fuego con una rama verde. La madre levantó la cabeza y, en ese momento, Franz se dio cuenta de que estaba llorando. Las lágrimas se mezclaban con las gotas de lluvia y los hombros le temblaban—. Pero ¿qué ha pasado? —preguntó asustado, y acabó de meter la rama en el hogar humeante.

En vez de contestar, la madre se apartó del marco, se acercó a él con paso inseguro y se detuvo en medio de la estancia. Por un momento pareció que buscaba algo, luego levantó las manos en un gesto de desesperación y se dejó caer de rodillas.

Franz dio un paso vacilante, le tocó la cabeza con la mano y le acarició el cabello con torpeza.

—¿Qué ha pasado? —repitió con voz ronca. De pronto se sintió raro y estúpido. Hasta entonces había sido al revés: él lloraba y su madre lo consolaba. Bajo la palma blanda de la mano notó la frágil cabeza y el pulso cálido que latía en el cuero cabelludo.

—Se ha ahogado —dijo ella en voz baja.

—¿Quién?

—Preininger.

Franz interrumpió la caricia, aunque dejó la mano sobre la cabeza unos instantes más y luego la retiró. La madre se apartó los mechones de la frente. Entonces se levantó, agarró una punta del delantal y se secó la cara.

—¡Estás llenando de humo toda la casa! —gruñó, y sacó la rama verde del fuego y lo avivó.

Alois Preininger era, según él, el hombre más rico de Salzkammergut. En realidad, sólo era el tercero más rico, algo que le irritaba sobremanera, pero como era un hombre ambicioso y terco, no se lo discutían, y así era conocido y considerado. Era propietario de algunas hectáreas de bosques y prados, un aserradero, una fábrica de papel, las últimas cuatro empresas pesqueras de la zona, una cantidad desconocida de terrenos que circundaban el lago, grandes y pequeños, así como dos transbordadores, un barco de vapor para excursiones y el único coche en unos cuatro kilómetros a la redonda: un magnífico vehículo del color del vino rosado y de la marca Steyr-Daimler-Puch, que siempre tenía guardado en un cobertizo de chapa oxidada para preservarlo de las persistentes lluvias típicas de la región.

Alois Preininger no aparentaba los sesenta años que tenía, pues estaba en plena forma. Se amaba a sí mismo y amaba su país, la buena comida, las bebidas fuertes y las mujeres bellas. Lo de la belleza era más bien subjetivo, y por tanto relativo. En el fondo le gustaban todas las mujeres porque todas le parecían guapas. Había conocido a la madre de Franz años antes en la gran fiesta del lago. Ella estaba bajo el viejo tilo, llevaba un vestido azul cielo y tenía las pantorrillas tan morenas, finas e inmaculadas como el volante de madera del Steyr-Daimler-Puch rosado. Él pidió pescado fresco frito, una jarra de sidra y una botella de licor de cerezas, y mientras comían y bebían intentaron no mirarse. Poco después bailaron una polca y más tarde incluso valses, mientras se susurraban secretos al oído. Luego pasearon cogidos del brazo alrededor del lago tocado por las estrellas y, sin querer, acabaron en el cobertizo de chapa y justo después en el asiento trasero del Steyr-Daimler-Puch. Era un asiento ancho y de piel suave, y los amortiguadores del vehículo estaban bien engrasados; en resumen, la noche fue todo un éxito. A partir de entonces siguieron viéndose en el cobertizo. Eran encuentros breves, como una erupción, que no iban asociados a exigencias ni esperanzas. Sin embargo, para la señora Huchel esos agradables y sudorosos encuentros en el asiento trasero tenían otro efecto aún más agradable: a fin de mes recibía puntualmente un cheque por un importe nada desdeñable. Estos ingresos que le caían del cielo de forma regular le permitieron instalarse en una antigua cabaña de pescadores a orillas del lago, comer caliente una vez al día y dos veces al año viajar en autobús a Bad Ischl para darse el capricho de un chocolate caliente en el Café Esplanade y comprar unos metros de lino en la tienda contigua para un vestido nuevo. Para su hijo, Franz, la generosidad de Alois Preininger supuso evitarle verse obligado a deambular todo el día en un salar o un estercolero para ganarse una subsistencia mísera como el resto de los chicos del pueblo. En lugar de eso, podía pasear por el bosque todo el día, dejar que el sol le calentara la barriga en el muelle de madera o, si hacía mal tiempo, simplemente quedarse en la cama y dejar vagar sus pensamientos y sueños. Pero eso se había acabado.

Como cada domingo durante los últimos cuarenta años, salvo por algunas adversidades como la Primera Guerra Mundial o el gran incendio del aserradero, Alois Preininger pasó la mañana en la tertulia de la fonda Leopoldo de Oro. Pidió carne asada de corzo con col lombarda y albóndigas de pan, además de ocho jarras de cerveza y cuatro licores dobles. Con su vibrante voz de bajo, estuvo comentando varios temas importantes, entre ellos, el fomento de la cultura popular de la Alta Austria, el bolchevismo que se extendía por toda Europa como la sarna, los estúpidos judíos, los aún más

13

estúpidos franceses y las infinitas posibilidades de desarrollo del negocio del turismo. Cuando finalmente, hacia la hora de comer, se fue a casa tambaleándose y un poco amodorrado por el sendero de la orilla, alrededor había una quietud extraña. No se veían pájaros ni se oían insectos, y hasta las moscardas, que en la fonda revoloteaban en torno a su cuello brillante y sudoroso, habían desaparecido. El cielo colgaba pesado sobre el lago, y el agua estaba en completa calma. Ni siquiera el cañaveral se movía. Era como si el aire hubiera cuajado y encerrado todo el paisaje en su inmovilidad silenciosa. Alois pensó en el cerdo en gelatina del Leopoldo de Oro: tendría que haber pedido eso y no corzo, que le había caído como un ladrillo en el estómago a pesar del licor. Se secó el sudor de la frente con las mangas de la camisa y contempló la superficie del lago, de un tono negro azulado que brillaba con una suavidad aterciopelada. Entonces se desnudó.

El agua tenía un frescor agradable. Alois nadó con brazadas tranquilas, resoplando sobre la misteriosa y oscura profundidad que tenía debajo. Cuando se encontraba aproximadamente en medio del lago cayeron las primeras gotas, y cincuenta metros más allá ya llovía a cántaros. Sobre el agua se oía un martilleo constante de gotas gruesas, un torrente de lluvia que unía el negro del cielo con el negro del lago. Se levantó viento y pronto llegó la tormenta, coronando con espuma la cresta de las olas. Un primer relámpago iluminó fugazmente el lago con un resplandor plateado e irreal. El trueno fue ensordecedor, un estruendo que pareció que iba a partir el mundo en dos. Alois soltó una carcajada y se puso a chapotear con los brazos y las piernas como un loco. Gritó de placer. Nunca se había sentido tan vivo.

14

El agua borboteaba a su alrededor, el cielo se le desplomaba encima, pero estaba vivo. ¡Vivo! Sacó el torso del agua y lanzó un grito de júbilo a las nubes. Justo en ese momento le cayó un rayo en la cabeza. Una claridad deslumbrante le llenó el interior del cráneo y por un segundo sintió algo parecido a una idea de eternidad. Luego se le paró el corazón y, con expresión ausente y envuelto en un velo de delicadas burbujitas, se hundió.

El entierro tuvo lugar en el cementerio de Nußdorf y fue muy concurrido. Mucha gente de la zona acudió a despedirse de Alois Preininger, en particular un inusitado número de mujeres cubiertas con un velo negro que se dispusieron alrededor de la tumba. Se oyeron llantos y sollozos, y Horst Zeitlmaier, el capataz más veterano del aserradero, se llevó los tres muñones de la mano derecha al pecho y pronunció con voz temblorosa unas palabras:

—Preininger era un buen hombre, no robó ni engañó a nadie. Amaba su país como nadie. Ya de pequeño le encantaba bañarse en el lago. El domingo pasado lo hizo por última vez. Ahora vive con Dios misericordioso, y le deseamos lo mejor. En el nombre del Padre, el Hijo y el Espíritu Santo, amén.

—Amén —contestaron los presentes.

—¡Y era un glotón! —susurró alguien, y todos asintieron con gestos afectados.

Bajo uno de los velos negros surgió un sollozo ahogado. Algunos intercambiaron unas palabras y luego se separaron.

• • •

De camino a casa, la madre de Franz se levantó el velo y parpadeó a causa del sol con los ojos enrojecidos. El lago estaba tranquilo, con un brillo opaco. En el agua poco profunda, una garza esperaba inmóvil el siguiente pez. En la otra orilla se oía el vapor que zarpaba. La cima del Schafberg se veía detrás como si estuviera pintada y las golondrinas surcaban el cielo despejado.

—Preininger ya no está —dijo ella, y posó una mano en el brazo de Franz—, y no vendrán tiempos mejores. Se nota en el aire. —De manera instintiva, Franz alzó la vista, pero no vio nada. Su madre suspiró—. Ya has cumplido diecisiete años —prosiguió—, pero siempre has tenido las manos muy finas. Finas, suaves y blancas, como una chica. La gente como tú no puede trabajar en el bosque. Ni en el lago. Y las fondas de veraneo tampoco saben qué hacer con alguien así. —Se habían parado y él aún notaba la mano cálida y liviana en el brazo. Al otro lado, el barco empezaba a avanzar lentamente por el lago—. He estado pensando un poco, Franzl —añadió su madre—. Tengo un amigo que pasó una temporada en casa hace una eternidad. Se llama Otto Trsnjek y tiene un estanco en el centro de Viena. Un estanco de verdad, con prensa, tabaco y esas cosas. Eso en sí no está mal, pero lo mejor de todo es que me debe un favor.

—¿Por qué?

Su madre se encogió de hombros y con la punta de los dedos estiró una arruga del velo.

—Aquella temporada fue calurosa, éramos jóvenes y teníamos pájaros en la cabeza...

De pronto, en la orilla, la garza volvió la cabeza, dio unos picotazos al aire, desplegó las alas y alzó el vuelo. La siguieron con la mirada, hasta que finalmente descendió y desapareció tras la franja de juncos.

—No te preocupes, Franzl, fue mucho antes de tenerte en mi vientre —dijo su madre—. El caso es que le he escrito. A Otto Trsnjek, me refiero. Por si tiene trabajo para ti.

—¿Y...?

En vez de contestar, ella buscó entre la rebeca de punto y sacó una hoja que parecía oficial. Era un telegrama con letras mayúsculas, en tinta azul y pulcras: EL CHICO PUEDE VENIR *STOP* NO ESPERES DEMASIADO *STOP* GRACIAS *STOP.*

—¿Y qué significa eso? —preguntó Franz.

—¡Significa que mañana partes hacia Viena!

—¿Mañana? Pero no puede ser... —balbuceó, asustado.

Sin mediar palabra, su madre le dio una bofetada. El golpe fue tan repentino que Franz se tambaleó dos pasos a un lado.

Al día siguiente Franz tomó el tren de la mañana a Viena. Los trece kilómetros que había hasta la estación de Timelkam los hizo con su madre a pie, para ahorrar dinero. El tren llegó puntual y la despedida fue breve, a fin de cuentas ya estaba todo dicho y hecho. Ella le dio un beso en la frente, él se hizo un poco el enfurruñado, se despidió con una inclinación de cabeza y subió. Mientras la vieja locomotora emprendía la marcha, Franz asomó la cabeza por la ventanilla y vio que su madre agitaba la mano en el andén, cada vez más pequeña, hasta que finalmente desapareció, como una mancha borrosa en la luz matinal del estío. Se dejó caer en el asiento, cerró los ojos y respiró tan hondo que incluso se mareó un poco. Sólo había salido de Salzkammergut dos veces en su vida: una, para ir a Linz a comprar un traje para el primer día de colegio, y la otra, rumbo a Salzburgo con su clase, en primaria, para asistir a un concierto aburrido de una orquesta de metales y pasar el resto del día andorreando entre construcciones antiguas. Pero habían sido excursiones, nada más. «Esto es otra cosa —se dijo en voz baja, para sí mismo—. ¡Algo completamente distinto!» En su mente, el futuro era como una orilla lejana que surgía entre la niebla matutina: todavía un poco borrosa y desdibujada, pero aun así prometedora y bonita. De pronto, todo le parecía fácil y agradable, como si con la silueta difuminada de su madre en el andén de Timelkam se hubiera quedado también allí una gran parte de su peso corporal. En ese momento, Franz estaba sentado en su compartimento con una sensación de ingravidez, notando el traqueteo rítmico bajo el trasero mientras viajaba a la velocidad casi inimaginable de ochenta kilómetros por hora en dirección a Viena.

Cuando al cabo de hora y media el tren salió de los Prealpes y se abrió el amplio y despejado paisaje de colinas de la Baja Austria, Franz ya se había terminado el paquete de provisiones que le había preparado su madre y se sentía de nuevo tan pesado como siempre.

El viaje continuó sin incidentes destacables; fue más bien aburrido. Sólo una vez, en el tramo entre Amstetten y Böheimkirchen, el tren tuvo que hacer una parada no prevista. Una fuerte sacudida recorrió los vagones, que enseguida perdieron velocidad. El equipaje se salió de las redes, se oyó un chirrido ensordecedor y maldiciones y gritos por doquier. Luego otra sacudida, un poco más fuerte que la primera, y el convoy se detuvo. El maquinista había accionado a fondo la palanca del freno porque a cierta distancia vio un objeto grande y oscuro sobre los raíles, una especie de montículo, en cualquier caso sospechoso.

—¡Seguramente han sido otra vez los socialistas! —masculló el revisor mientras corría por los vagones agitando el talonario de billetes—. ¡O los nazis! Pero da igual, ¡son todos la misma gentuza!

Pronto quedó claro que el objeto sospechoso sólo era una vieja vaca que había escogido justamente ese tramo de vía para morir y ahora estaba ahí, pesada y hedionda. Con la ayuda de algunos viajeros y bajo la atenta mirada de Franz, que con sus manos delicadas y femeninas a la espalda se mantenía a una distancia prudencial, consiguieron retirar el cadáver. Bajo el salvaje revoloteo de las moscas brillaban los ojos oscuros de la vaca. Franz pensó en las piedras relucientes que de niño solía recoger en la orilla del lago y se llevaba a casa en los bolsillos de los pantalones, que iban a rebosar. Siempre le sobrevenía una pequeña decepción cuando sacudía los pantalones en el suelo de la cabaña y las piedras rodaban sobre los tablones, con un sonido sordo, secas, tras haber perdido aquel brillo insondable.

Cuando finalmente el tren llegó a la estación oeste de Viena, la Westbahnhof, con sólo dos horas de retraso y Franz salió del vestíbulo a la deslumbrante luz del mediodía, hacía tiempo que su leve melancolía se había desvanecido. Se sentía un poco indispuesto y tuvo que apoyarse en la farola de gas más cercana. Lo primero que hago es tambalearme delante de todo el mundo, ¡tiene narices!, se reprochó. Igual que esos veraneantes paliduchos que, año tras año, nada más llegar, acababan tirados en la hierba a orillas del lago con una insolación, y luego eran los alegres lugareños quienes tenían que hacerles volver en sí con un cubo de agua o un par de bofetadas. Se agarró a la farola con más fuerza, cerró los ojos y no se movió hasta que volvió a notar el suelo firme bajo los pies; las manchas rojizas habían desaparecido y poco a poco fueron saliendo de su campo de visión. Cuando volvió a abrir los ojos, soltó una risita asustada. Era impresionante. La ciudad hervía como el guiso de verduras de su madre al fuego. Todo estaba en constante movimiento, hasta los muros, y las calles parecían vivir, respirar, arquearse. Era como si se oyeran los quejidos de los adoquines y el crujido de los ladrillos. El ruido era omnipresente: una efervescencia constante en el aire, un batiburrillo inconcebible de voces, sonidos y cadencias que surgían, se mezclaban, se solapaban, se elevaban sobre otros y los ahogaban. Y además, la luz. Por todas partes había centelleos, brillos, destellos y luces encendidas: ventanas, espejos, carteles publicitarios, astas de banderas, hebillas de cinturones, cristales de gafas. Los coches pasaban con estrépito. Un camión. Una motocicleta verde libélula. Otro camión. Un tranvía que doblaba una esquina con un sonido estridente. La persiana de una tienda que se abría, portezuelas de vehículos que se cerraban de golpe. Alguien tarareaba los primeros compases de una cancioncilla, pero se interrumpió en pleno estribillo. Alguien maldecía con voz ronca. Una mujer chillaba como una gallina a la que estuvieran matando. Sí, pensó Franz, aturdido, esto es otra cosa. Algo totalmente distinto. En ese momento notó el hedor. Como si algo fermentara por debajo de los adoquines y exhalara por encima los vapores. Olía a aguas residuales, a orina, a perfume barato, a grasa vieja, a goma quemada,

a gasolina, a excremento de caballo, a humo de cigarrillos, a alquitrán.

—¿Se encuentra bien, joven? —Una señora bajita
se le había acercado y lo miraba con los ojos enrojecidos. Pese al calor del mediodía, llevaba un abrigo grueso y largo y un gorro desgastado de piel.

—¡Sí! —se apresuró a responder Franz—. Sólo es
que hay mucho ruido. Y huele un poco mal. Probablemente por el canal.

La señora lo señaló con un dedo índice que era
como una ramita seca.

—No es el canal lo que huele mal —lo corrigió—.
Son los tiempos que corren. Son tiempos podridos. ¡Podridos, depravados, corrompidos!

Al otro lado de la calle pasó un coche de caballos
traqueteando y cargado con barriles de cerveza. Un
enorme caballo de la raza Pinzgauer agitó la cola y dejó
caer unas cuantas boñigas, que un niño delgado, que lo
seguía con ese cometido, recogió con las manos desnudas y se las guardó en el hato.

—¿Vienes de lejos? —preguntó la señora bajita.

—De casa.

—Eso es muy lejos. Entonces ¡será mejor que vuel-
vas ahora mismo! —En el ojo izquierdo se le había re-
ventado una venilla que se extendía en un triángulo
rosado. Minúsculas partículas de kohl se le pegaban
en las pestañas.

—¡Qué va! —exclamó Franz—. Ya no hay marcha
atrás. Además, uno se acostumbra a todo.

Se dio la vuelta, atravesó el tráfico denso de Gür-
telstraße, esquivó en el último momento un autobús que
se acercaba rugiendo, saltó con agilidad una mancha
de excremento de caballo y enfiló Mariahilferstraße,

que estaba enfrente, donde le había dicho su madre. Cuando se volvió de nuevo, la señora bajita seguía junto a la farola delante de la estación, como una enana envuelta en loden verde, con la cabeza demasiado grande y el cabello brillando al sol.

El pequeño estanco de Otto Trsnjek estaba en el noveno distrito de Viena, en Währingerstraße, apretujado entre el taller de Instalaciones Veithammer y la carnicería Roßhuber. En la entrada, en un gran letrero metálico se leía:

Estanco Trsnjek
Prensa
Artículos de papelería
Tabaco
Desde 1919

Franz se atusó el pelo con un poco de saliva, se abrochó la camisa hasta arriba, lo que según él confería cierta seriedad a su aspecto, respiró hondo y entró en el local. En el marco de la puerta, sobre su cabeza, tintineó una delicada campanilla. A través del cristal del escaparate, repleto de carteles, papeles y anuncios pegados casi sin dejar huecos, entraba poca luz en el interior, y Franz tardó unos segundos en acostumbrarse a la penumbra. El estanco era minúsculo y estaba abarrotado hasta el techo de periódicos, revistas, libretas, libros, útiles de escritura, cajetillas de cigarrillos, cajas de puros y distintos artículos de fumador y de escritorio, entre otros. Tras el mostrador bajo, entre dos pilas altas de periódicos, había un hombre mayor sentado. Estaba inclinado sobre un archivador y escribía números con esmero y concentración en unas columnas y cuadrículas previstas para ello. En la sala reinaba una tranquilidad apática, sólo se oía el rasgueo de la pluma en el papel. El polvo ondulaba en las escasas y estrechas franjas de luz que entraban, y el aire estaba impregnado de un intenso olor a tabaco, papel y tinta de imprenta.

—Hola, Franzl —saludó el hombre, sin alzar la vista de las cifras. Lo dijo en voz baja, pero las palabras sonaron con una nitidez extraordinaria en la estrechez de la estancia.

—¿Cómo sabe quién soy?

—¡Porque llevas medio Salzkammergut en los pies! —El hombre señaló con su pluma estilográfica los zapatos de Franz, que tenían terrones de tierra pegados en las punteras.

—Y usted es Otto Trsnjek.

—Exacto.

Otto Trsnjek cerró el archivador con gesto cansado y lo metió en un cajón. Luego se levantó de su butaquita, desapareció con un curioso saltito detrás de una pila de periódicos y salió del mostrador con dos muletas bajo las axilas. Por lo que pudo ver Franz, de la pierna izquierda sólo le quedaba la mitad del muslo. La pernera del pantalón estaba cosida por debajo del muñón y se balanceaba con cada movimiento. Otto levantó una muleta y señaló con un movimiento circular, casi cariñoso, el surtido de artículos del local.

—Y éstos son mis conocidos. Mis amigos. Mi familia. Me gustaría quedármelos todos. —Apoyó la muleta contra el mostrador y acarició con suavidad las portadas coloridas que brillaban en una estantería—. Pero todas las semanas los entrego, todos los días, a cualquier hora, desde que abro hasta que cierro la tienda. ¿Y sabes por qué?

Franz no lo sabía.

—Porque soy estanquero. Porque quiero ser estanquero. Y porque siempre seré estanquero. Hasta que no pueda más. Hasta que Dios Nuestro Señor baje la persiana. ¡Así de simple!

—Ya —dijo Franz.

—Exacto. ¿Cómo está tu madre?

—Pues como siempre. Me ha dado muchos recuerdos para usted.

—Gracias —contestó Otto Trsnjek. Y luego introdujo a su aprendiz en los secretos de la vida de un vendedor de prensa y tabaco.

El lugar habitual de trabajo de Franz sería un taburete al lado de la entrada. Tendría que sentarse ahí tranquilamente cuando no hubiera nada más urgente que hacer, sin hablar, a esperar instrucciones y, entretanto, hacer algo para ensanchar su horizonte mental, a saber: leer periódicos. La lectura de la prensa era de hecho lo único importante, lo único significativo y relevante en la existencia del estanquero: no leer la prensa significaba no ser estanquero, por no decir no ser persona. Sin embargo, con leer la prensa como era debido no se refería a hojear y pasar las páginas de uno o tal vez dos diarios insignificantes. Una lectura adecuada de la prensa que nutriera mente y horizontes en igual medida implicaba todos los periódicos existentes en el mercado —y, por tanto, también en el estanco—, de la primera a la última página, sí, en gran parte y en especial: titulares, editoriales, las columnas más importantes y los comentarios más destacados, así como las notas más interesantes de las secciones de política —nacional e internacional—, local, economía, ciencia, deporte, cultura, sociedad, etcétera. El negocio de la prensa constituía, como era bien sabido, el negocio principal de cualquier estanco serio, y los clientes, o sea, los compradores de prensa, querían —siempre que no se tratase de los lectores habituales de determinada publicación por adhesión intelectual, emocional o política— que los estanqueros les aconsejaran, informaran y, si era necesario, hicieran hincapié con delicadeza o insistente bondad, los guiaran, a clientes, lectores, compradores de prensa, hasta el periódico adecuado para ese día, esa hora y el eventual estado de ánimo en que se encontraran. ¿Lo había entendido bien?

Franz asintió.

Luego los productos de tabaquería. Con los cigarrillos era un poco más fácil. Al fin y al cabo, cualquier pueblerino llegado por casualidad de Salzkammergut o de dondequiera que fuese podía vender cigarrillos en un estanco. Los cigarrillos para los vendedores de tabaco eran lo que los panecillos para los panaderos. Como era bien sabido, no se compraban panecillos ni cigarrillos por su sabor ni su buen aspecto, sino únicamente por el hambre o las ganas de fumar. Con eso estaba todo dicho sobre la venta de panecillos en relación con la de cigarrillos. Otra cosa muy distinta, pero muy muy distinta, eran los puros. Con la venta de puros un estanco serio se convertía en un estanco completo: el aroma, el olor, el sabor y los matices de una buena selección de puros transformaba un puesto normal y corriente de venta de prensa con artículos de tabaquería en un templo, tanto del espíritu como de los sentidos. ¿De momento le resultaba todo comprensible?

Franz asintió y se sentó en su taburete.

El problema, prosiguió Otto Trsnjek lanzando una mirada triste a la estantería que llegaba hasta el techo, repleta de cajas de puros, el gran problema del negocio de los puros era, como el de tantos otros, la política. La política lo fastidiaba básicamente todo, y daba igual quién gobernara en ese momento con su gordo trasero aposentado en la poltrona, ya fuera el difunto Kaiser, el enano Dollfuß, su aprendiz Schuschnigg o el megalómano de Hitler: la política lo fastidiaba todo, lo echaba a perder, ensuciaba, embrutecía y, en general y en cierto modo, lo destrozaba. Por ejemplo, el negocio de los puros. ¡Precisamente y sobre todo el negocio de los puros! ¡Hoy en día casi no se podían conseguir puros! Las entregas se retrasaban, se habían vuelto dudosas e imprevisibles, las fluctuaciones de las existencias en almacén eran enormes, con una tendencia constante a la baja, así que algunas cajas llevaban semanas y meses vacías y ya no eran más que decoración, casi una especie de recuerdo de tiempos mejores.

—Eso es así y no tiene vuelta —concluyó Otto Trsnjek, y observó a Franz, pensativo. Luego agarró sus muletas, volvió detrás del mostrador con unos cuantos giros, cogió su archivador del cajón, asomó la lengua entre los incisivos y continuó garabateando la contabilidad.

A partir de entonces, Franz se presentó todos los días puntual a las seis de la mañana en el estanco de Otto Trsnjek. Como su vivienda, baño y dormitorio era el pequeño almacén que había justo detrás de la tienda, el camino al trabajo era agradablemente corto. Se levantaba con un buen humor matutino que le sorprendía hasta a él, se vestía, se lavaba los dientes sobre la jofaina de metal, se peinaba pasándose los dedos mojados por el pelo y se iba al trabajo. La mayoría de las mañanas las pasaba leyendo la prensa sin demasiadas interrupciones en su pequeño taburete junto a la entrada. Siguiendo las instrucciones de Otto Trsnjek, hacía una pila con los diarios matutinos recién llegados y se ponía a leer uno tras otro. Al principio le resultaba una tarea latosa y a menudo tenía que controlarse para no caer fatigado al suelo mientras leía. En su casa apenas había periódicos de verdad, salvo el diario local de Nußdorf, una publicación mensual que redactaba la esposa del alcalde de su puño y letra. Sólo en el retrete que había junto al saúco, detrás de la cabaña, su madre dejaba siempre un montoncito de trozos de hojas de periódico del tamaño de la mano. De vez en cuando Franz leía un titular antes de limpiarse, un par de líneas o tal vez incluso medio párrafo, sin haberle sacado jamás una utilidad especial. Por aquel entonces, lo que ocurría en el mundo se le escurría entre las manos y las nalgas sin llegar a alcanzarle el alma. Pero por lo visto eso había cambiado. Pese a que los primeros días le resultó pesado, pronto se acostumbró al estilo periodístico, casi siempre bastante rebuscado, y a la multitud de elipsis y fórmulas recurrentes, e incluso se veía cada vez más capaz de extraer de los diferentes artículos el significado que les correspondía. Finalmente, pasadas unas semanas leía casi con fluidez los periódicos, si no de cabo a rabo, por lo menos sí la mayor parte. Y pese a la diversidad de puntos de vista y opiniones, a veces diametralmente opuestos, que se le mezclaban, la lectura también le proporcionaba cierto placer. Era sólo una corazonada, pero de entre la multitud de letras

27

impresas asomaba una idea incipiente sobre las posibilidades del mundo.

A veces dejaba los periódicos a un lado y sacaba un puro de una de las muchas cajas de madera pintadas de colores. Le daba vueltas, lo sujetaba contra una franja de luz en el escaparate, palpaba con la punta de los dedos las hojas blandas y se lo pasaba por debajo de la nariz, olfateándolo con los ojos cerrados. Cada tipo tenía su olor característico, y aun así todos transmitían el aroma de un mundo más allá del estanco, de Währingerstraße, de Viena, incluso del país y del continente entero. Olía a tierra húmeda y negra, a árboles gigantescos arrancados con brutalidad, a los bramidos impacientes de los depredadores que poblaban la oscura selva y al canto aún más impaciente de los esclavos negros al salir de las plantaciones de tabaco, brillantes a causa del calor bajo el cielo ecuatorial.

—Un puro malo huele a estiércol de caballo —le explicó Otto Trsnjek—; uno bueno, a tabaco. Pero ¡un puro muy bueno huele a mundo!

Él, por cierto, no fumaba.

Durante las primeras semanas, Franz fue conociendo a los clientes. Había mucha clientela de paso, personas presurosas que irrumpían en el estanco, proferían sus deseos agitadamente y se marchaban corriendo, y raras veces o nunca los volvía a ver. La mayoría, sin embargo, eran clientes asiduos. Desde que a Otto Trsnjek le asignaran el estanco un año después de finalizada la guerra por la Ley de Compensación de Invalidez, se había consolidado como una institución en Alsergrund. Nadie en la zona lo había conocido de joven.

Un día apareció sin más, bajó con las muletas por Währingerstraße, colocó fuera el gran cartel de chapa y dentro la campanilla encima de la puerta, y se sentó tras el mostrador. Desde entonces formaba parte del barrio como la iglesia votiva o el taller de Instalaciones Veithammer.

—Fíjate en los clientes. Memoriza sus hábitos y preferencias. ¡La memoria es el capital del estanquero! —instruía a Franz.

Y él se esforzaba. Al principio le costaba asociar a cada persona con sus hábitos y preferencias, pero cada día tenía las relaciones más claras. Poco a poco, la amalgama indefinida de clientes empezó a traducirse en individuos distintos con sus particularidades, hasta que por fin Franz fue capaz de saludarlos por su nombre y el título correspondiente, algo vital en Viena si se quería sobrevivir. Estaba, por ejemplo, la señora doctora doctora Heinzl, que nunca había conocido la universidad y aún menos asistido allí. La señora doctora doctora Heinzl se había casado dos veces: primero con un dentista judío y luego con un jurista que en el momento de la boda era ya un vejestorio. Los dos caballeros siguieron los pasos de la mayoría de los vieneses en su último camino al cementerio central, pero los títulos de doctor perduraron y desde entonces la viuda Heinzl los lucía con orgullo por la zona. Además, llevaba una peluca azulada y se abanicaba incesantemente la cara, también en invierno, con un par de guantes de seda de color salmón, y todos los días pedía en un tono aristocrático un poco gangoso un ejemplar del *Wiener Zeitung* y el *Reichpost*. Sin embargo, el primer cliente del día era un empleado del Parlamento ya jubilado, el asesor comercial Ruskovetz. Aparecía todas las mañanas poco después de abrir la tienda acompañado de un perro salchicha incontinente y pedía el *Wiener Journal* y un paquete de cigarrillos Gloriette. A veces intercambiaba unas palabras con Otto Trsnjek sobre el horrible tiempo o el gobierno inepto de turno, mientras el perro dejaba caer unas gotas amarillentas en los tablones del suelo, que Franz limpiaba acto seguido con un paño húmedo. A media mañana aparecían los obreros con mucho alboroto, cogían el *Volksblatt* o el *Kleine Blatt* y pedían cigarrillos sueltos, que Otto Trsnjek sacaba de un tarro y los contaba con las manos callosas. Pese a que algunos ya olían a cerveza a una hora tan temprana y entraban bastante porquería de fuera con sus zapatos recios, a Franz le gustaban esos hombres. No hablaban mucho, tenían rostros angulosos y en general parecían los hermanos polvorientos de los leñadores del bosque de su pueblo. A la hora de comer iban los jubilados y estudiantes. Los primeros pedían el *Österreichischen Woche*, los segundos cogían unos cuantos *Egyptische*, el *Wiener Zeitung*, papel para escribir y las revistas humorísticas más recientes. A primera hora de la tarde aparecía el viejo señor Löwenstein a por una o dos cajetillas de Gloriette. Luego era la hora de las amas de casa, que olían a productos de limpieza o a licor de cereza, hablaban mucho, preguntaban mucho y entretanto pedían el *Kleinen Frauenblatt* o alguna otra revista interesante para señoras modernas. El robusto y miope jurista Kollerer miraba un poco y compraba a diario su Langen Heinrich, un purito fino y largo, además de un ejemplar del *Bauernbündler* y el *Wienerwaldboten*. De cuando en cuando y de forma imprevisible entraba en el estanco el Rojo Egon, un borracho crónico conocido en el barrio que, pese a la prohibición del Partido, siempre que tenía ocasión se declaraba socialdemócrata a viva voz. De figura flaca y rostro huraño, en algún punto detrás de su frente ancha ardía un fuego que parecía eterno. En cuanto abría la puerta, empezaba a hablar de revoluciones, sublevaciones, cambios radicales o derrocamientos que estaban teniendo lugar desde hacía tiempo en algún sitio y que, merecidamente, reducirían a escombros el mundo capitalista, erigido sobre montañas de huesos pulverizados de una clase obrera desmoralizada, aplastada y triturada. Luego se quedaba mirando con aire sombrío las estanterías, hasta que se decidía por una cajetilla sin filtro, pagaba y se iba. Los escolares entraban en tromba y preguntaban por lápices de colores o cromos, las señoras mayores querían charlar, los señores mayores querían tranquilidad y observar en silencio las portadas. A veces, algún cliente habitual pedía con voz ronca echar un vistazo a la «gaveta». Se trataba de un cajón discreto que había debajo del mostrador, que Otto Trsnjek mantenía cuidadosamente cerrado y sólo se abría por deseo expreso de algún cliente. Contenía las denominadas «revistas para ponerse tierno» —o lo que es lo mismo, «cuadernillos para acariciarse» o «para sacarle brillo», como las llamaba el estanquero delante de Franz—, algo terminantemente prohibido durante años. Los hombres las hojeaban un poco y entretanto procuraban parecer tan desinteresados como les fuera posible, y luego cogían uno o dos cuadernillos que Franz envolvía en papel de embalar marrón para salvaguardarlos de las miradas.

—Un buen estanquero no sólo vende tabaco y papel —le dijo Otto Trsnjek, y se rascó el muñón con el extremo de la estilográfica—. Un buen estanquero vende placer y deseo, ¡y a veces vicio!

• • •

Una postal por semana, ni más ni menos, ése era el acuerdo.

—Franzl —le dijo su madre la tarde antes de partir, y le acarició la mejilla suavemente con el dorso del dedo índice—. Escríbeme una postal todas las semanas, una madre tiene que saber cómo le va a su hijo.

—Bueno —contestó él.

—Pero tienen que ser postales de verdad. De esas con fotografías bonitas. Taparé con ellas la mancha de moho que hay encima de la cama, y cuando las mire podré imaginar dónde estás.

En un rincón junto al escaparate había un armazón estrecho con una colorida selección de tarjetas postales y de felicitación, colocadas en filas, unas sobre otras. Cada viernes por la tarde Franz se plantaba delante y elegía una. En la mayoría aparecía algún monumento conocido de Viena: la catedral de San Esteban a la luz rosada del alba, la noria bajo las estrellas, la Ópera estatal iluminada para alguna ocasión especial, etcétera. Casi siempre escogía alguna que mostrara un parque, un arriate o macetas de flores en las ventanas de las casas. Tal vez las plantas y los colores animarían un poco a su madre en las solitarias horas de lluvia, pensaba; además, quedarían mejor con la mancha de moho. Escribía unas cuantas líneas, y su madre otras cuantas, cuando en realidad ambos habrían preferido hablar o sentarse juntos en silencio a oír el cañaveral. «Querido Franzl, cómo estás; querida madre, bien, gracias; hace buen tiempo aquí, y aquí también; en la ciudad hay mucho que ver; en Nußdorf no, pero no importa; el trabajo en el estanco es divertido, aquí han tenido que arrancar de nuevo el musgo de la casa; te quiere, tu madre, yo también, Franz.» Eran llamadas desde el hogar al extranjero, de ida y vuelta, como caricias breves, fugaces y cálidas. Franz guardaba las postales de su madre en el cajón de su mesita de noche y veía cómo el montón crecía cada semana, con pequeños Atterseen brillantes. Las noches tranquilas, poco antes de dormirse, oía un leve gorgoteo en el cajón. Tal vez sólo eran imaginaciones suyas.

A principios de octubre, el primer viento de otoño barrió el calor de las calles y los sombreros de los transeúntes. De vez en cuando Franz veía pasar un sombrero por delante del estanco, seguido de su propietario dando traspiés. Había refrescado y Otto Trsnjek ya había insinuado que tal vez pronto volvería a encender la estufa de carbón. Franz había empezado a llevar un chaleco de lana marrón un poco deformado que le había hecho su madre años atrás, durante las horas de nieve en invierno al resplandor de la lumbre. Pese a la situación incierta y las perspectivas políticas que se derivaban, aún más inciertas, el negocio iba bien.

—La gente está loca por ese Hitler y por las malas noticias, lo que en la práctica es lo mismo —decía Otto Trsnjek—. En todo caso, es bueno para el negocio de la prensa, ¡y fumar siempre se fuma!

Una mañana de lunes nublada y gris sonó tímidamente la campanilla y entró en el estanco un anciano. No era demasiado alto, pero sí bastante delgado; de hecho, incluso escuálido. Aunque el sombrero y el traje se veían inmaculados, parecían sacados de otra época. La mano derecha, surcada por una red de venillas azuladas, agarraba el puño de un bastón y la izquierda se levantó en un breve saludo antes de desaparecer de nuevo en el bolsillo de la chaqueta. Tenía la espalda un poco encorvada y la cabeza estirada, y llevaba una barba blanca recortada con pulcritud y unas gafas redondas de montura negra; tras los cristales, unos ojos marrones brillantes se movían rápido, alerta. Pero lo verdaderamente extraordinario de la aparición del anciano fue el efecto que causó en Otto Trsnjek. Nada más verlo entrar, se levantó e intentó mantenerse lo más erguido y recto posible, sin muletas y con una mano apoyada en el mostrador. Una mirada fugaz de soslayo hizo que Franz también diera un respingo, así que ambos acabaron de pie formando un rígido comité de bienvenida para el escuálido anciano.

—¡Buenos días, señor profesor! —dijo Otto Trsnjek, y con discreción apoyó bien la pierna—. ¿Virginias, como siempre?

Una cosa sí había interiorizado Franz durante su aprendizaje: en Viena había tantos profesores como guijarros en el Danubio. En ciertas zonas incluso los vendedores de carne de caballo y los cocheros cerveceros se arrogaban el «señor profesor». Sin embargo, esta vez era distinto. La manera en que Otto Trsnjek saludó a ese caballero dejó claro a Franz que era un profesor de verdad, uno auténtico y honesto, que no necesitaba llevar el título colgado del cuello como un cencerro para que los demás le otorgaran el reconocimiento académico que merecía.

—Sí —dijo el anciano con una leve inclinación de la cabeza, mientras se quitaba el sombrero y lo dejaba sobre el mostrador, pensativo—. Veinte. Y el *Neue Freie Presse*, por favor.

Hablaba despacio y tan bajo que costaba entenderlo. Apenas abría la boca, como si pronunciara cada palabra entre dientes y con esfuerzo considerable.

—¡Por supuesto, señor profesor! —dijo Otto Trsnjek, y le hizo un gesto con la cabeza a su aprendiz.

Franz cogió una caja de veinte Virginias y el periódico de la estantería y lo dejó sobre el mostrador para envolverlo en papel de embalar. Notó la mirada del anciano clavada en él, siguiendo todos sus movimientos.

—Por cierto, éste es Franzl —aclaró Otto—. Es de Salzkammergut y aún tiene mucho que aprender.

El anciano estiró la cabeza un poco más. Con el rabillo del ojo, Franz vio cómo las arrugas de la piel del profesor, fina como papel de seda, sobresalían del cuello de la camisa.

—Salzkammergut —dijo, torciendo la boca en una mueca peculiar que muy probablemente pretendía ser una sonrisa—. Muy bonito.

—¡De Attersee! —precisó Franz y, por algún motivo y por primera vez en su vida, se sintió orgulloso de ese raro agujero lluvioso al que llamaba hogar.

—Muy bonito —repitió el profesor. Luego dejó unas monedas en el mostrador, se puso el paquete bajo el brazo y se volvió para irse.

Franz se apresuró en llegar a la puerta para abrírsela. El anciano se despidió con un gesto de la cabeza y salió a la calle, donde el viento le agitó la barba de inmediato. Olía raro, pensó Franz, a jabón, cebollas, puros y, lo más interesante, a serrín.

—¿Quién era? —preguntó cuando hubo cerrado la puerta. Tuvo que incorporarse de golpe para corregir la postura un poco inclinada que sin querer había adoptado.

—El profesor Sigmund Freud —contestó Otto Trsnjek, y se dejó caer en su butaca con un gemido.

—¿El médico de los locos? —dijo Franz con cierta alarma en la voz.

Por supuesto, había oído hablar de Sigmund Freud. La fama del profesor había llegado hasta el último rincón de la Tierra, incluso a Salzkammergut, y ahí había exaltado las fantasías más bien sosas de los lugareños. Hablaban de todo tipo de instintos inquietantes, hacían bromas vulgares sobre pacientes que aullaban como lobas y se desnudaban por completo en la consulta privada.

—El mismo —respondió Otto Trsnjek—. Pero es capaz de mucho más que arreglar la cabeza de unos cuantos ricachones idiotas.

—¿Como qué?

—Por lo visto, enseña a la gente a llevar una vida ordenada. No a todos, por supuesto, sólo a los que pueden permitirse sus honorarios. Dicen que una hora en su consulta cuesta como media parcela de huerto familiar, aunque quizá sea una exageración. En todo caso, trata a la gente sin tocarla, al contrario que otros médicos. Bueno, de algún modo sí los toca, pero no con las manos.

—Entonces ¿con qué?

—¡Y yo qué sé! —Poco a poco, Otto estaba perdiendo la paciencia—. Con el pensamiento, con el espíritu o alguna otra tontería. Parece que funciona, y eso es lo que importa. Ahora ponte a leer tus periódicos y déjame tranquilo.

Se inclinó sobre unos papeles que había sacado del cajón y empezó a trazar líneas con la pluma y una regla larga de madera.

Franz apoyó la frente en el cristal del escaparate y miró por una estrecha franja de luz. Allá iba el profesor con su paquete bajo el brazo, por Währingerstraße. Caminaba despacio, con pasos cortos y prudentes y la cabeza un poco gacha.

—Parece muy afable, el profesor —comentó Franz, pensativo.

Otto Trsnjek suspiró y alzó la vista de las profundidades de sus filas de rayas.

—Tal vez a primera vista parece afable, pero en mi opinión es un hueso duro de roer, a pesar de todos esos estudios sobre el cerebro. Además, tiene un problema nada desdeñable.

—¿Cuál?

—Es judío.

—Ah —dijo Franz—. ¿Y por qué es un problema?

—Ya se verá —contestó Otto Trsnjek—. ¡Y muy pronto!

Otto dejó vagar la mirada por el estanco, como si buscara un lugar seguro donde quedarse. Luego se detuvo y sonrió brevemente para sus adentros. Por último volvió a inclinarse sobre su trabajo. Se esmeró por borrar con la punta de una esponjita una mancha de tinta que se había extendido entre las líneas.

Franz seguía mirando hacia la calle a través del escaparate. Aún no había entendido muy bien qué pasaba con los judíos. En la prensa no se leía nada bueno sobre ellos, y en las fotografías y viñetas humorísticas parecían alegres o pícaros, la mayoría de las veces ambas cosas. Por lo menos, pensó, en la ciudad hay algunos judíos de verdad, de carne y hueso, con nombres judíos, sombreros judíos y narices judías. En su casa, en Nußdorf, no había ni uno. Como mucho, deambulaban por allí como figuras mitológicas horribles, pérfidas o atontadas, en todo caso como personajes desagradables en la mente de los lugareños. El profesor siguió andando y dobló por Berggasse. En ese momento, una ráfaga de viento le levantó el pelo y lo convirtió en una figura ligera como una pluma que se agitó durante unos segundos encima de su cabeza.

—¡El sombrero! Pero ¡dónde tiene el sombrero! —exclamó Franz, alarmado. Posó la mirada en el mostrador, donde aún yacía el sombrero gris del profesor.

Dio un brinco, lo cogió y salió corriendo con él.

—¡Alto, deténgase, si me lo permite el señor! —gritó a voces; dobló la esquina de Berggasse derrapando y agitando los brazos, y al cabo de unos pasos ya había alcanzado al profesor. Casi sin aliento, le tendió el sombrero.

Sigmund Freud observó un momento su sombrero, un poco abollado, lo cogió y, como respuesta, sacó la billetera del bolsillo de la chaqueta.

—No, señor profesor, por supuesto, faltaría más —afirmó Franz con un gesto de rechazo que le pareció un poco exagerado.

—¡Hoy en día ya nada se da por supuesto! —dijo Freud, y presionó con el pulgar una abolladura en el ala del sombrero. Como había hecho antes, habló sin apenas despegar las mandíbulas, en voz baja y con los dientes apretados.

Franz tuvo que inclinarse un poco hacia delante para entenderlo bien. Por nada del mundo querría perderse una sola palabra de ese célebre hombre.

—¿Puedo ayudarle en algo? —se ofreció, y Freud, aunque se esforzó, no pudo retroceder lo bastante rápido para evitar que Franz le quitara el paquete y el periódico de debajo del brazo y los apretara con decisión contra su propio pecho.

—Como quieras... —murmuró el señor profesor; se caló el sombrero y echó a andar.

Al principio Franz notó una sensación un poco rara en el estómago mientras bajaban la empinada Berggasse, como si un gran peso le recordara la importancia de ese momento. Sin embargo, tras unos cuantos pasos, esa sensación extraña se había desvanecido, y cuando finalmente pasaron por la panadería de la señora Grindlberger y se vio reflejado en el escaparate, cubierto de nieve polvo, caminando erguido y recto, con el paquete bajo el brazo y el cálido halo de gloria que el profesor irradiaba en él, de pronto se sintió orgulloso y ligero.

—¿Puedo hacerle una pregunta, señor profesor?

—Depende de la pregunta.

—¿Es cierto que puede arreglar la cabeza de la gente? ¿Y luego enseñarles a llevar una vida ordenada?

Freud se quitó el sombrero, se colocó con cuidado detrás de la oreja un fino mechón blanco como la nieve, volvió a calarse el sombrero y miró a Franz de soslayo.

—¿Eso se dice en el estanco y allí en tu casa, en Salzkammergut?

—No lo sé —contestó Franz, y se encogió de hombros.

—No arreglamos nada en absoluto. Pero por lo menos tampoco estropeamos nada, y eso es algo que no se puede dar por sentado en las consultas de hoy en día. Podemos explicar determinadas desviaciones, y en algunos momentos inspirados, incluso influir en lo que acabamos de explicar. Eso es todo —masculló Freud, y cada palabra parecía causarle dolor—. Aunque eso tampoco es seguro —añadió con un leve suspiro.

—¿Y cómo hacen todo eso?

—La gente se tumba en mi diván y empieza a hablar.

—Suena cómodo.

—La verdad rara vez lo es —repuso Freud, y tosió en un pañuelo de tela de color azul marino que sacó del bolsillo del pantalón.

—Vaya, tendré que pensar en eso —dijo Franz. Se detuvo, alzó la vista y trató de ordenar las ideas, que se confundían de un modo caótico en un punto entre los tejados de la ciudad y su propia imaginación.

—¿Y bien? —preguntó el profesor, después de que el chico del estanco, curioso y un tanto insistente, volviera a alcanzarlo—. ¿A qué conclusión has llegado?

—De momento a ninguna. Pero no importa. Me tomaré mi tiempo para reflexionar sobre ello. Y me compraré sus libros y los leeré. ¡Todos, de principio a fin!

Freud suspiró de nuevo. A decir verdad, no recordaba haber suspirado nunca tanto en tan poco tiempo.

—¿No tienes nada mejor que hacer que leer los mamotretos polvorientos de señores mayores? —preguntó.

—¿Como por ejemplo, señor profesor?

—¿Tú me lo preguntas? Eres joven. Camina al aire libre. Haz una excursión. Diviértete. Búscate una chica.

Franz lo miró con los ojos desorbitados. Un temblor le recorrió todo el cuerpo. Sí, claro, pensó, claro, claro... Y acto seguido soltó:

40

—¡Una chica!

La exclamación resonó de tal manera que las tres señoras mayores que se habían parado un momento al otro lado de la calle para cotillear, asustadas, volvieron hacia ellos las cabezas de melena ondulante y peinada con mucho esmero.

—¡Como si fuera tan fácil!

Por fin había dicho en voz alta lo que le perturbaba la mente y el corazón desde hacía mucho tiempo, en el fondo desde el día en que empezó a brotarle tímidamente el primer vello púbico.

—Hasta ahora la mayoría lo ha conseguido —comentó Freud, y demostrando gran precisión en el manejo del bastón, apartó un guijarro de la acera.

—Pero ¡eso no significa que lo consiga yo, ni mucho menos!

—¿Y por qué precisamente tú no?

—Porque de donde vengo a lo mejor la gente sabe algo de la industria de la madera y de cómo esquilmarles el dinero de los bolsillos a los veraneantes, pero ¡del amor no entienden nada de nada!

—No me extraña. En realidad, nadie entiende nada del amor.

—¿Ni siquiera usted?

—¡Precisamente yo no!

—Pero entonces, ¿por qué se enamora la gente a todas horas y en todas partes?

—Joven —dijo Freud, y se detuvo—. No hace falta entender el agua para tirarse de cabeza.

—¡Ah! —exclamó Franz, a falta de palabras que expresaran de una forma más adecuada la profundidad inconmensurable de su pena. Y al momento repitió—: ¡Ah!

—Sea como fuere —dijo Freud—, hemos llegado. ¿Me devuelves mis puros y mi periódico?

—¡Por supuesto, señor profesor! —dijo Franz con la cabeza gacha, y le entregó el paquete. En la placa que había por encima de la puerta de la casa se leía: «Berggasse n.º 19.»

Freud sacó un manojo de llaves, abrió y apoyó el cuerpo enjuto en la pesada hoja de madera.

—¿Puedo...?

—No, no puedes —masculló el profesor mientras se escabullía por la rendija de la puerta—. Y piénsalo bien. —Empujó un poco la puerta y volvió a asomar la cabeza—. Las mujeres son como los puros: si uno insiste demasiado, le niegan el disfrute. Que tengas un buen día.

Y desapareció en la oscuridad del pasillo. La puerta de la casa se cerró con un leve chirrido y Franz se quedó solo con el viento.

(Postal en la que aparece el Stadtpark florecido en primavera y, en primer plano, un coche de caballos engalanado con lilas)

Querida madre:

Imagínate a quién conocí ayer: ¡al señor profesor doctor Sigmund Freud! ¿Sabías que es judío? ¿Y que vive a la vuelta de la esquina del estanco? Lo he acompañado y hemos charlado un poco. ¡Muy interesante! Creo que ahora nos veremos más a menudo. ¿Cómo estás tú? Yo estoy bien.

Tu Franz

(Postal del lago Attersee bañado por la luz dorada del alba y con cisnes)

Querido Franzl:
  Lo del profesor Freud es mentira, ¿verdad? Porque si no lo es, pregúntale por favor si es cierto todo lo que se dice. Lo de las pulsiones y todo lo demás. O no, mejor no se lo preguntes, quién sabe la impresión que le darás. No sabía que era judío. Quizá no sea agradable, pero hay que tener cuidado. Aquí ya ha nevado una vez. Hoy iré al bosque a recoger una cesta de leña.
  Te quiero,
                                          Tu mamá

Las palabras del profesor se habían grabado a fuego en lo más profundo del alma de Franz. Sobre todo las referentes a las chicas. «Hasta ahora la mayoría lo ha conseguido», había dicho. Y, pese a las dudas que tenía Franz al respecto, esa afirmación no le había sonado mal del todo y le había parecido en cierta manera esperanzadora e irrefutable. En general, la figura del profesor, pese a la fragilidad propia de su edad, tenía algo inamovible, como una roca. Bueno, pensó Franz, si es así, habrá que ponerse manos a la obra.
  El sábado siguiente, después de que el estanco lo despidiera de cara al fin de semana con un último tintineo alentador de la campanilla, se lavó la cara, el cuello y las manos con un trozo de jabón duro guardado especialmente para la ocasión, se untó un poco de manteca de cerdo en el pelo y se frotó las axilas con los pétalos de unas rosas magníficas que había recogido durante

un paseo nocturno de los prolijos arriates de la iglesia votiva. Luego salió a la calle, reluciente y perfumado, ataviado con su traje de domingo. La suave luz otoñal calentaba el pavimento. Subió al tranvía en dirección al parque Prater para buscar su suerte en la figura de alguna chica adecuada.

Ya de lejos vio la noria, pero hasta que estuvo justo debajo no pudo apreciar la verdadera dimensión de aquel maravilloso monstruo de hierro. No era sólo grande, era gigantesca. Las nubes no estaban mucho más arriba que la última viga de acero. Los ocupantes de las cabinas más altas se veían diminutos como insectos, y los brazos y las bufandas eran miniaturas que saludaban y ondeaban.

En la fonda El Hombre de Hierro pidió una jarra de cerveza. Estaba fría y burbujeante, y cuando sopló con suavidad, la espuma se separó en nubecitas blancas de nieve. En el bar no había ni una sola mujer, aparte de una camarera ajada y de ojos hundidos y tristes, así que pagó y se dirigió al salón de los espejos. Estuvo deambulando por los laberintos de cristal sin encontrar la salida, hasta que finalmente un hombre que vestía pantalones cortos le indicó el camino. Luego se fue al carrusel de aviones y observó durante un rato cómo las góndolas en forma de avión giraban en círculo, hasta que se mareó un poco. Fue entonces a otra fonda, La Ballena, se sentó en la terraza y pidió un café vienés. El café era muy negro y la crema sabía casi tan dulce como en el Café Esplanade de Bad Ischl. Los formidables castaños susurraban suavemente con el viento, el sol se colaba entre las hojas y los gorriones daban saltitos en la grava. En las mesas había personas que a simple vista parecían haber satisfecho sus deseos hacía tiempo. Por todas partes se veían caras amables, simpáticas. Una algarabía de voces se extendía por la terraza como una bandada de pájaros invisible, y de vez en cuando salía volando una risa sonora y solitaria. Todo ese júbilo hizo que a Franz le decayera un poco el ánimo. Pagó y se acercó al carrusel de ponis. Con sus pesadas cabezas, los animales trotaban en círculo cargando niños. Un hombre con una enorme cámara de fotos tomaba instantáneas para luego ofrecérselas a los padres. Había muchas risas, besos, abrazos. Las madres jóvenes eran casi más bonitas que los niños; los padres jóvenes estaban ahí, orgullosos y erguidos, repartiendo monedas. Un poni levantó la cola con un resoplido y dejó caer unas boñigas en la arena. En sus ojos se reflejaba el cielo azul otoñal, y más allá de él, una idea de libertad lejos de los traseros infantiles y los carruseles. En el puesto colindante, Franz compró dos pastelitos húngaros de carne grasientos y, para compensar el penetrante sabor a ajo, una enorme nube de azúcar rosa. Lo asaltaron unas náuseas repentinas que combatió con una segunda jarra de cerveza. Después fue al trenecito del pasaje de los cuentos de hadas, donde fue el único adulto apretujado en aquellos pequeños vagones de color azul claro. El trayecto transcurría con un ligero traqueteo por un paisaje de fantasía cubierto por una gruesa capa de polvo. Por todas partes había personajes de cuento, de pie, sentados o andando. Caperucita Roja caminaba por el bosque, el Príncipe Rana estaba acuclillado en el borde de una fuente, el Enano Saltarín brincaba alrededor de una hoguera y, al fondo, Rapunzel lanzaba al vacío su cabello del color del cáñamo desde la ventana de la torre. Franz pensó en su casa. En otros tiempos, su madre le leía esos cuentos de un libro muy manoseado. Él era tan pequeño que se acurrucaba cómodamente en su regazo a escuchar las palabras que le caían encima como gotas suaves y cálidas. Cuando el trenecito pasó despacio junto a Cenicienta le brotaron las primeras lágrimas, y al rodear la casita de pan de jengibre estaba sollozando y se tapaba la cara con las manos. Sintió en su interior una oleada cálida tras otra, que lo sacudieron de la cabeza a los pies. Pensó en la cabaña, en la cocinilla, en el lago, en su madre, y tras el velo grueso de las lágrimas, el paisaje de cuento se convirtió en un torrente borroso de colores.

Cuando el joven encargado del trenecito, que estaba apoyado en la salida con actitud despreocupada y somnolienta, vio que Franz salía de la oscuridad del pasaje a la luz del día encogido sobre sí mismo y con el rostro bañado en lágrimas, lanzó el cigarrillo, que dibujó una amplia curva, e hizo acopio de todo su tacto para consolarlo:

—La vida no es un cuento de hadas, amigo, pero ¡en algún momento todo pasa!

Franz se limpió el rostro varias veces con las mangas y se sonó en un pañuelo, que en realidad sólo había llevado por si, llegado el caso, necesitaba limpiar un taburete o una frente húmeda o lo que fuera a la chica que apareciera. Poco a poco pasó por delante de las atracciones, el puesto de tiro, los tenderetes de comida, el circuito de carreras, el Watschenmann,[1] la gorda Berta, la noria y el gran tren fantasma. En algún lugar, en lo más profundo de su interior volvió a oír un tenue

---

1. El Watschenmann era una atracción del parque Prater de Viena, una figura con forma humana y la cabeza exageradamente grande, a la que los visitantes propinaban una bofetada para demostrar su fuerza. La potencia del golpe se medía con un indicador de aguja que había sobre la cabeza. *(N. del e.)*

murmullo, una última y leve oleada de tristeza que enseguida pasó.

Sin embargo, justo cuando iba a sentarse en la sombría terraza de El Borrachín Silencioso con la firme intención de anegar el resto de la tarde en cantidades ingentes de cerveza y otras bebidas, sintió una oleada muy distinta, mucho más intensa, ardiente y visceral, que lo invadió y lo sacudió: justo delante de él, a unos diez metros, apareció un rostro en el cielo, una cara redonda y femenina, sonriente, rodeada de una aureola de cabello rubio pajizo. Era el rostro más bonito que Franz había visto en su vida, incluida la multitud de rostros maquillados que aparecían en el surtido de revistas que tenía Otto Trsnjek. Y muy arriba, a una altura de vértigo, el rostro se detuvo un instante, como una mancha rosada en la vastedad azul del cielo, emitió un grito agudo de alegría y acto seguido bajó con el cabello ondeando para volver a subir al cabo de un segundo. Y fue justo ese segundo el que Franz necesitó para comprender que se había parado frente a un columpio. Un columpio enorme que oscilaba arriba y abajo como un barco en alta mar. En un letrero de madera que había en la entrada estaba escrito en pinceladas amplias: ¡EL PODEROSO BARCO PIRATA! ¡MUY DIVERTIDO! ¡PARA MAYORES Y PEQUEÑOS! ¡TODO EL MUNDO SE DIVIERTE! ¡TODOS RÍEN! ¡SUBAN! Franz decidió no seguir moviéndose. Esperó inmóvil, con la mirada clavada en el rostro de la chica que subía y bajaba, hasta que las góndolas se detuvieron y los ocupantes salieron dando tumbos, riendo y gritando. Cuando la chica apareció —flanqueada por dos amigas a las que él sólo percibió como sombras sin figura ni rostro, irrelevantes—, Franz reunió todas sus fuerzas para salir de su estado autoimpuesto de parálisis, apretó los puños en los bolsillos del pantalón y echó a andar con una resolución que había surgido de pronto de las profundidades inexploradas de su ser y aportó un énfasis luminoso a sus palabras, según le pareció en ese momento:

—Buenos días, me llamo Franz Huchel, soy de Salzkammergut y me gustaría subir contigo a la noria.

Lo interesante fue que la chica no se unió a las risas de sus acompañantes, sino que lo observó como si visitara un zoo y viera a un animal en peligro de extinción, antes de posar la mirada en los ojos centelleantes de Franz, que ya habían perdido la entereza, y dijo:

—A la noria no, pero ¡sí me gustaría ir al puesto de tiro!

A decir verdad, no pronunció «me gustaría», sino algo parecido con un dejo reconocible y típico de muchos bohemios residentes en Viena. Así que de Bohemia, pensó Franz, sin poder sacarle una utilidad a la constatación, y le ofreció el brazo para llevarla al gran puesto de tiro. Por suerte, enseguida se despidieron las dos amigas para acto seguido colgarse de los anchos hombros, galoneados con impresionantes condecoraciones de colores, de dos oficiales del ejército austríaco animados por la cerveza.

En el puesto de tiro, un hombre con la cabeza medio calva y llena de cicatrices y la mirada obtusa les explicó las reglas: se podía elegir entre disparar a la diana, a los globos o a unas coloridas cabezas de turcos. Si lograbas hacer un agujero en la cara de uno de los turcos, obtenías unos cuantos puntos extra; si le dabas en determinado sitio de la frente, el turbante caía hacia delante con un sonido seco, como de madera, y te premiaban con una ronda gratis. Se podían ganar bastones de caramelo, rosas de papel y ramitos de lavanda natural. Franz vio de reojo que la chica bohemia se inclinaba hacia delante, se colocaba la culata junto a la mejilla y doblaba el dedo sobre el gatillo. Era un dedo corto, rosado y redondeado. Todo en ella era redondeado: las pequeñas orejas, la nariz, la frente prominente, las cejas arqueadas, los ojos grandes y castaños. La muchacha fijó su mirada serena en el centro negro de la diana. Franz sintió ganas de sumergirse en esa mirada, esos ojos, de arrojarse de cabeza a la felicidad. Pensó en el barril para recoger el agua de lluvia, junto a la entrada de su casa. Era un agua distinta de la del lago, marrón y turbia, con un olor un poco raro. Una vez, el pequeño Franz no había podido aguantar más, ni la curiosidad, ni el calor sofocante, pues era pleno agosto, al final de las vacaciones estivales. Removió con cuidado el agua de la superficie, respiró hondo tres veces y hundió la cabeza y medio torso en el tonel. Dentro el frescor era agradable. En el agua flotaban partículas minúsculas, como nieve oscura, y el fondo estaba cubierto por una capa gruesa de hojas medio descompuestas. Estiró el brazo y hurgó en la masa de hojas. La sensación al tacto era horrible, resbaladiza y fría, pero de algún modo también agradable. Sintió un leve escalofrío al tocar con la yema de los dedos algo blando, gordito y peludo. Entre la capa de hojas apareció el cuerpo de una rata muerta. Seguramente había resbalado hacía poco dentro del tonel y ya no había tenido fuerzas para trepar por la pared cubierta de musgo. La rata estaba de lado, con el cuerpo casi intacto, salvo por el ojo izquierdo: en su lugar había un profundo agujero negro. Franz se puso a gritar y la rata desapareció tras las gruesas burbujas de aire. Salió del agua, se deslizó fuera del tonel y echó a correr. Todavía gritando, pasó corriendo junto a su casa y siguió por el prado hasta la orilla, donde su madre estaba tendiendo ropa en la cuerda que había dispuesto entre los dos abedules. Se metió debajo de su falda, se abrazó a sus rodillas y supo que se quedaría ahí el resto de su vida, o por lo menos hasta el final de las vacaciones de verano, ahí abajo, en la seguridad de los delgados muslos de su madre.

«Plop», oyó cuando la chica apretó el gatillo y dio en la diana. Ella dio un saltito de puntillas y soltó un grito triunfal antes de volver a apuntar. Franz intentó aliviar la sequedad de la boca tragando saliva. En ese momento vio la punta de la lengua de ella entre los incisivos: un animalillo rosado que asomaba con cautela, tocaba con su humedad y sólo por un momento el labio superior, y volvía a refugiarse en su cueva, para aparecer de nuevo y palpar la hilera de dientes brillantes como perlas, interrumpida en el medio por un hueco oscuro. Nunca habría pensado que una mella en la dentadura de una bohemia pudiera alterarlo tanto. Sentía las oleadas de emociones recorrer con tal fuerza su cuerpo que por un momento temió perder la compostura y desplomarse como un saco vacío. «Plop», volvió a oír, y un turco perdió el turbante.

—¡Bum, muerto! —exclamó la chica, y Franz vio, desvalido, cómo ella curvaba el labio superior un poco hacia delante. La chica lo animó a coger su arma con un golpe suave de cadera.

Franz lo hizo, pero le temblaban las manos y, para más inri, experimentó una dolorosa erección que intentó disimular apretando el cuerpo todo lo que pudo contra la tabla del puesto. «Plop», se oyó a continuación, pero falló. La chica se rió, el hombre del puesto se rió, incluso le pareció que las cabezas de turcos enseñaban sus dientes dorados burlándose de él. Pese a que el sol ya había desaparecido tras las cubiertas de los puestos, estaba sudando. El sudor le caía como un fino reguero por la espalda hasta la pretina de los calzoncillos. Guiñó un ojo y volvió a apretar el gatillo. «Plop.» Otro fallo. Le habría gustado poder salir corriendo de allí, lejos, a su habitación de la trastienda, irse a casa, a su cama junto al lago, o simplemente volver al trenecito del pasaje, para dar vueltas él solo hasta el final del día en la oscuridad polvorienta de los cuentos de hadas. Entonces notó la mano de ella en el trasero. Había dejado su arma y le sonreía.

—¡No sabes disparar, pero tienes un buen culo! —dijo, y en ese momento él comprendió que estaba perdido.

Fueron a la Casa Suiza. En los cuidados jardines tocaba una banda de música y los farolillos de colores resplandecían en la copa de los árboles. Le pidieron a un camarero bigotudo dos jarras de Budweiser y dos tortitas fritas de patata que crujían y goteaban grasa caliente sobre la mesa. La chica habló en checo con el camarero y, mientras escuchaba su curiosa melodía al hablar, Franz observó con la mirada perdida de un soñador el arco que dibujaba su labio superior. Ella rió, el bigotudo rió y, antes de que Franz pudiera mandarlo a por dos jarras más, ella se inclinó por encima de la mesa, le puso la mano en la mejilla y le dio un beso en la frente.

—¡Ahora, a bailar! —exclamó, y la cabeza de Franz se volvió a iluminar como los farolillos del castaño que tenía encima.

Agarrados del brazo, atravesaron la sala entre las mesas hasta la pista de baile. Cuando notaron el temblor rítmico de los tablones bajo los pies, ella se volvió hacia Franz, le puso una mano en el hombro, con la otra le rodeó la cintura y empezó a balancearse al compás de la música. Franz no sabía bailar y no le gustaba. En su pueblo siempre se había negado a dar giros con las campesinas regordetas, cuyo pecho amenazaba con hacer ceder el *dirndl* y las cuales le sonreían con la cara redonda y brillante. Además, siempre evitaba el aperitivo en el Leopoldo de Oro; incluso en la fiesta estival del lago solía sentarse en un rincón y dejaba vagar sus pensamientos, inmóvil y en silencio, por la superficie del agua. Ahora, en cambio, bailó. Al principio sus movimientos eran un poco rígidos y vacilantes, pero enseguida se volvieron suaves, ágiles y desenvueltos, hasta que en cierto momento logró una deliciosa sensación de abandono y se entregó a esa reina redonda y bohemia, y se dejó llevar, mecer, impulsar. Notó la mano de ella recorriendo despacio su cadera y posándose de nuevo en su trasero. La miró a los ojos, vio su sonrisa, la pequeña curva del labio superior y la mella en la dentadura. Cuando notó sus pechos contra el vientre, al fin se rindió y no intentó ocultar la erección, que era ya espantosa.

Bailaron hasta que les ardieron los pies. Cada canción era un poco más empalagosa y también un poco más desgarradora que la anterior: «Serás mi estrella de la suerte», «*Merci, mon ami*», «Soñaré todas las noches contigo», «París, eres la ciudad más bella del mundo», «Mi corazón te llama siempre», «Oh, Marita», etcétera. Más o menos cuando terminó la décima canción, los músicos hicieron una pausa y abandonaron el escenario en dirección a la barra. La chica seguía pegada al cuerpo ardiente de Franz, que de repente notó sus labios en la oreja.

—Ya hemos bebido y bailado, ¿qué hacemos ahora? —susurró, y él no necesitó ningún espejo para saber que sonreía como un idiota feliz con la cara colorada como un tomate.

—Aún me quedan dos chelines y medio —dijo con la voz un tanto ronca—. Equivalen a cuatro jarras de cerveza, un par de rondas en el puesto de tiro o una vuelta doble en la noria.

La chica retrocedió un paso y lo miró. Su rostro reflejaba asombro e incredulidad, y por un momento Franz pensó que se le habían congelado los ojos, castaños y cálidos. Como el ámbar, pensó, como las dos gotas de ámbar que había visto una vez en la exposición local de Bad Ischl, aunque más oscuros, más grandes y sin ningún insecto atrapado dentro. Sin embargo, al cabo de un segundo le empezaron a brillar de nuevo, sus rasgos se relajaron y se echó a reír. Fue una risa breve, clara y aguda, parecida al grito de júbilo que había proferido en lo alto del barco pirata. Abrazó a Franz y le plantó un sonoro beso en la mejilla.

—¡Enseguida vuelvo, muchachito! —dijo, y se dio la vuelta y se fue.

Franz contempló fascinado cómo bamboleaba el trasero al ritmo de sus pasos, como acababa de hacerlo al ritmo de «*Merci, mon ami*». Similar al suave balanceo de una pequeña barca de pescadores, pensó, y la vio desaparecer en la barraca de madera de los lavabos. Entonces regresó a la mesa, se sentó y pidió dos jarras de cerveza.

• • •

Tardó cerca de media hora en comprender que ella se había ido. Tal vez, amparada por el gentío permanente y por el ir y venir de clientes, había cruzado corriendo los jardines, o quizá se había escabullido por la salida trasera que había junto a la cocina. En todo caso, ya no estaba. Franz recorrió varias veces las filas de mesas, preguntó por ella a todos los camareros, la buscó dentro de los comedores vacíos, incluso entró en los lavabos de mujeres pese a los gritos indignados de sus ocupantes. Pero la chica de Bohemia se había ido.

Se bebió de un trago la cerveza, ya tibia, pidió la cuenta farfullando con la lengua pastosa y se fue de la terraza, donde la música volvía a sonar y las parejas bailaban abrazadas «¿Qué es eso que late tan suavemente en tu pecho?». Con la cabeza gacha y las manos hundidas en los bolsillos de los pantalones, atravesó la muchedumbre de visitantes del parque, ahora mucho más reducida, y volvió a levantar la vista cuando estuvo debajo de la noria. Compró un tique con las monedas que le quedaban y subió a la última cabina de la última vuelta de la tarde; fue el único pasajero. Cuando la cabina se puso en movimiento con una leve sacudida y empezó a ascender despacio, la ciudad salpicada de luces se extendió a sus pies. Abajo se veía el gentío del parque. Allí la catedral de San Esteban, allá la iglesia votiva. Al fondo, la montaña Kahlenberg, una silueta oscura en el cielo nocturno. Franz apoyó la mejilla en la madera gastada del marco de una ventana y cerró los ojos. Cuando la cabina llegó al punto más alto y la noria se detuvo un momento, Franz notó la leve oscilación bajo los pies y oyó silbar el viento fuera. Cerró el puño, tomó impulso y dio un golpe tan fuerte contra el tabique de tablones que las dos palomas que se habían posado en el techo hacía un rato para descansar salieron volando asustadas y desaparecieron en la vastedad de la noche.

Al día siguiente por la mañana, un ruido inusual lo despertó en su cuartito de la parte de atrás. Fuera, la puerta se abrió y se cerró varias veces con sonoros tintineos, y se oían gritos furiosos. Franz reconoció la voz enojada de Otto Trsnjek, interrumpida por el bajo ronco del carnicero Roßhuber, acallados una y otra vez por el griterío de un reducido grupo de gente. Se levantó de la cama y se vistió tan rápido como le permitió su deplorable estado. Le dolía la cabeza y tenía los nudillos de la mano derecha doloridos e hinchados. El espejo le devolvió el recuerdo pálido y de mejillas hundidas de la víspera. Resopló varias veces en su jofaina, hizo gárgaras con agua jabonosa, se secó la cara y salió. Frente al estanco se había formado una pequeña muchedumbre, y en medio Otto Trsnjek y el carnicero se medían como dos luchadores de feria.

—¡Ah, ¿por fin has decidido abandonar la cama?! —le espetó el vendedor de tabaco.

—Pero ¿qué pasa? —balbuceó Franz.

—¡Abre los ojos! —Otto Trsnjek tenía la cara enrojecida y en las sienes se le marcaban las venas como un montoncito de gusanillos azules. Señalaba la fachada del estanco con una muleta, temblando de rabia.

La acera y la fachada estaban manchadas con un líquido marrón rojizo, como si alguien hubiera arrojado varios cubos de pintura o porquería. En el cristal del escaparate se leía en letras grandes y chorreantes: «¡LÁRGATE, AMIGO DE LOS JUDÍOS!», y en la pared junto a la entrada había una forma redondeada, dibujada con

55

torpeza y deprisa, que representaba claramente un enorme trasero con rasgos faciales rudimentarios: un «caraculo».

Franz se acercó al escaparate y con un dedo y mucho cuidado tocó la «J» de JUDÍO. Por lo visto, habían hecho la pintada con un pincel grueso y le pareció repugnante al tacto: reseco y costroso en los bordes, y pegajoso y húmedo en los trazos un poco más gruesos. Además, despedía un hedor asqueroso: rancio, dulzón y también un poco ácido.

—¿Qué es esto? —preguntó en voz baja.

—¡Sangre! —exclamó Otto Trsnjek—. ¡Sangre de cerdo! Embadurnada personalmente por nuestro encantador vecino Roßhuber.

—Eso habrá que demostrarlo —replicó el carnicero con calma—. Además, no es sangre de cerdo, sino de pollo. ¡Es evidente para cualquiera!

—¡Pues de pollo! —estalló Otto Trsnjek—. Pero ¿quién está todo el día con esos bichos? ¿Quién está tan chalado como para pintar su autorretrato junto a mi puerta? ¿Quién ha llevado la cruz gamada bajo la solapa media vida esperando la ocasión para exhibirla?

—No te importa una mierda lo que yo lleve en la solapa —le espetó Roßhuber, y cruzó sus enormes brazos—. ¡Y el retrato es muy acertado!

—¡¿Y tus manos?! —bramó Otto Trsnjek.

—¿Qué les pasa?

—¡Tienen manchas de sangre!

—¿Y qué iban a tener? ¡Soy carnicero!

Otto Trsnjek tragó saliva. Por un momento pareció que iba a soltar las muletas y tirarse al cuello del carnicero. Sin embargo, de pronto se volvió hacia el gentío reunido, que cada vez había estrechado más el círculo alrededor de los protagonistas del suceso y se había convertido en una aglomeración de personas.

—¡Este hombre! —soltó—. Este que se dice carnicero, al que sería más adecuado llamar adulterador de salchichas porque las rellena con grasa rancia y serrín, este que se hace llamar persona y es un adulterador de salchichas, ¡tiene las manos manchadas de sangre! Y además el cerebro lleno de porquería, y el corazón, de negrura. Y si uno mira a su alrededor, se da cuenta de que no está solo. Hasta ahora sólo ha sacrificado un cerdo. O un par de pollos, da igual. De momento sólo se ha mancillado el comercio de un estanquero, pero yo os pregunto, aquí y ahora: ¿qué o quién será el siguiente sacrificado?

Nadie dijo nada; algunos sonrieron, otros negaron con la cabeza, uno se fue, otros se acercaron y se metieron a empujones entre los curiosos.

—Hay uno con las manos manchadas de sangre y los otros se quedan ahí sin decir nada. ¡Así es siempre! —continuó Otto Trsnjek, que tenía a Roßhuber al lado, quien esbozaba una media sonrisa—. Así es siempre, siempre ha sido así y siempre lo será, supongo que porque así está escrito en alguna parte, y así se le ha inculcado a la humanidad, a esas cabecitas inmensamente estúpidas. Pero ¡en la mía aún no, señoras y señores! Mi cabeza aún es capaz de pensar por sí misma. No bailo a vuestro son. No oculto cruces gamadas bajo la solapa, no adultero salchichas, no merodeo por las calles amparado en la oscuridad para pintarrajear casas de inocentes con dibujos obscenos, no me callo y no tengo las manos manchadas de sangre, sino de tinta de imprenta.

De repente lo abandonaron las fuerzas. Dejó caer la cabeza entre los hombros y bajó la mirada al suelo.

Durante unos segundos, el silencio se impuso frente al estanco. Sólo se oía el leve crujido de las empuñaduras de las muletas que Otto Trsnjek agarraba con fuerza. Entonces hizo un esfuerzo y, con un largo suspiro, se irguió de nuevo, se volvió hacia el carnicero y, junto a unas gotitas de saliva, le escupió unas últimas palabras:

—Y otra cosa, Roßhuber: en 1917 perdí una pierna por nuestro país en un agujero fangoso. La que me queda es ésta. Es vieja y está bastante entumecida, y a veces se siente un poquito sola, pero aun así ¡me bastará para darte una buena patada en el culo si es necesario!

Dicho esto, se alejó del carnicero y lo dejó allí con los demás, y desapareció en el interior del estanco dando varios saltitos enérgicos con las muletas. La puerta se cerró tras él con un golpe tan violento que los cristales vibraron y el tintineo de la campanilla alcanzó un *fortissimo* realmente intenso.

Durante las semanas posteriores a este incidente, Franz volvió una y otra vez al parque en busca de la chica. Recorrió calles y callejones durante horas, comió en las fondas y merodeó por la atracción de la barca, siempre con la esperanza de ver en algún lugar aquel rostro enmarcado por cabellos rubio pajizo. En vano. Además, últimamente el tiempo se había vuelto desapacible. Aquel año el invierno había llegado antes de lo habitual y las frías lloviznas se mezclaban con los primeros copos de nieve. Pronto las atracciones quedaron cubiertas por una densa capa de nieve y una tras otra fueron cerrando. Sólo mantuvieron abiertos unos cuantos puestos, además de las fondas y el carrusel de ponis, desafiando al frío y la nieve. Congelado, Franz se quedaba delante del recinto y envidiaba a los caballos, a los que les había crecido un pelaje lanoso de invierno y que, inmunes al amor y otras distracciones, daban vueltas sobre la arena helada con pasos pesados.

De noche, a menudo pasaba horas en vela, pensando en la mella de aquella dentadura bohemia, y daba vueltas hacia un lado y hacia otro en su propio calor. Cuando finalmente conciliaba el sueño anhelado, lo asaltaban imágenes crudas: sangre de cerdo que goteaba del techo sobre un recipiente redondo que era su cabeza, la cama oscilaba cada vez más alto hasta aquel grito de júbilo al sol, a través de un gigantesco agujero negro y después, subido en un cochecito azul, por la eterna oscuridad del pasaje. De pronto aparecía su madre y con el dorso de la mano acariciaba la pierna de Otto Trsnjek, algo de lo que Sigmund Freud se reiría con tantas ganas que el sombrero se le caería y entonces él desplegaría sus alas y se elevaría sobre las torres de la iglesia votiva al sol del atardecer.

Cuando se sentía muy mal, Franz salía por la puertecita del patio trasero y deambulaba por las calles hasta que oía los cascos de los coches de los lecheros y el amanecer invernal se alzaba por encima de los tejados congelados. Caminar de noche por las calles tranquilas lo calmaba, oía el crujido de la nieve bajo sus pies y veía ondear su aliento delante de la cara como una banderita. Con el primer albor, cuando los faroleros subían a sus escaleras para apagar las farolas de gas y los primeros obreros se dirigían con rostro sombrío hacia el primer turno, él oscilaba en una nebulosa incertidumbre entre vigilia y sueño. Mientras caminaba de regreso al estanco, cansada y lentamente, veía a la chica de Bohemia en cada rincón. La chica de Bohemia bajo las farolas. La chica de Bohemia detrás de una valla. La chica de Bohemia en la entrada del estanco, con el rostro iluminado por la luz de un cigarrillo. La chica de Bohemia en el escaparate, con los brazos extendidos hacia él, sonriente.

(Postal con el parque del palacio de Schönbrunn, iluminado por farolas y espolvoreado de nieve)

Querida madre:
Ya llevo una temporada aquí, en la ciudad, pero, a decir verdad, todo me parece cada vez más ajeno. Aunque a lo mejor eso ocurre con todo en la vida: desde el nacimiento uno se va alejando día a día un poco más de sí mismo, hasta que en algún momento ya no se reconoce. ¿Puede ser que sea así de verdad?
Te mando esa pregunta y muchos saludos,

Franz

(Postal del lago Attersee, con el brillo verde de una piedra preciosa, una imagen tomada desde un avión o un zepelín)

Querido Franzl:
¿Es que te has enamorado? Eso explicaría tu estado. Como es sabido, enamorarse significa dejar de reconocerse. Respecto a tu pregunta, puedo decirte que la vida es una separación continua. Cualquier madre lo sabe muy bien. Pero es así, y una se acostumbra. Por lo demás, espero que te vaya bien y que no avergüences

a Otto Trsnjek. Aquí, en el lago, de momento no hay novedades, y eso de por sí es bastante agradable.

Te saluda con un fuerte abrazo,

Tu mamá

—Tienes mal aspecto —dijo Otto Trsnjek sin alzar la vista de la contabilidad.

—¿Qué? —preguntó Franz, desconcertado, y levantó la cabeza, que había inclinado de nuevo sobre el pecho. Desde que había encontrado e inmediatamente perdido la felicidad en aquel parque, habían pasado dos meses. Dos meses llenos de días melancólicos y noches en vela.

—¡Que tienes mal aspecto! —repitió Otto Trsnjek—. Horrible, para ser exactos; pareces el desdichado abuelo de la muerte. Blanco como el papel, flaco como un palo, muerto de cansancio y como mínimo diez años mayor de lo que eres. Si sigues así, el año que viene podrás solicitar la jubilación.

—No, no, estoy bien —se apresuró a decir Franz, y se inclinó de nuevo sobre el periódico, que se le había escurrido entre las manos flojas—. Tal vez sea este tiempo, que me agota un poco, pero por lo demás todo va bien.

—¿Y qué le pasa al tiempo?

—Pues... hace un poco de frío.

—Es que es invierno.

—Ya, invierno. —Franz soltó un leve suspiro.

Otto Trsnjek miró por encima de la montura de las gafas a su aprendiz, que intentaba esconder la cabeza en la sección de Economía.

—Y además del insólito hecho de que este año el invierno haya llegado ya en diciembre, ¿qué más te aflige?

Franz tardó unos segundos en superar su reticencia. Luego, dejó que el periódico cayera de forma definitiva sobre los tablones del suelo, se levantó del taburete de un salto y le gritó al techo con desesperación:

—¡Me he enamorado!

En sólo un instante, aproximadamente la mitad de lo que se tarda en leer por encima un titular, Otto Trsnjek reconoció la gravedad de la situación.

—¡Jesús, María y José, eso sí que es malo! —exclamó.

—¡Peor que malo! —añadió Franz—. ¡Es una catástrofe! ¿Qué voy a hacer ahora?

Otto reflexionó un momento y se encogió de hombros.

—No tengo ni idea. Ve a la piscina y nada un poco. ¡Es bueno para los huesos y aclara la mente!

Franz dejó caer las manos y lo miró. Por primera vez se dio cuenta de lo bajo que era el vendedor de tabaco, como si últimamente se hubiera encogido. Pronto se desvanecería para siempre entre las sombras polvorientas de sus montañas de periódicos.

—¿A la piscina?

Otto Trsnjek se rascó detrás de la oreja derecha. Paseó la mirada despacio por el mostrador, la deslizó por el borde hasta el suelo, la arrastró sobre los tablones dibujando pequeñas curvas y por último la posó en algún lugar delante de la punta de los zapatos de Franz.

—Escucha, yo ya no sé nada de esas cosas. Antes quizá sí, cuando aún me pasaban cosas así. Pregúntale a tu madre, es probable que ella se acuerde. Pero de eso hace mucho tiempo. Media vida. La verdad es que con la pierna también se quedó mi juventud en la trinchera. Es así, no hay más. A veces es duro, pero en el fondo también tiene su lado positivo. Ahora el amor ya no puede hacerme nada. Estoy tranquilo, y cuando quiero emociones leo la prensa. En el mundo suceden suficientes hechos sin sentido, no necesito cosas así en mi estanco. Con lo que puedo darte un humilde consejo, mi apurado y joven aprendiz: búscate otro interlocutor para temas tan delicados y déjame en paz.

Sonrió un poco avergonzado, luego sopló con cuidado el plumín de su estilográfica para secarlo y se inclinó de nuevo sobre sus libros. Al cabo de un rato, Franz volvió a sentarse y no volvieron a cruzar palabra en lo que quedaba de día.

En Berggasse 19 el aire estaba impregnado de aromas maravillosos: olía a caldo de ternera con tiras de crepe y a carne asada con cebolla y patatas con perejil, además de a pudin de vainilla bañado en chocolate negro caliente y espolvoreado con almendra tostada en láminas. El profesor Sigmund Freud dejó su servilleta, se desabrochó discretamente el botón superior de los pantalones y unió las manos sobre el vientre con un gemido de satisfacción. De manera excepcional, y sólo porque Martha, su esposa, estaba en cama dos habitaciones más allá con un poco de fiebre y una desagradable tos, aquel domingo Anna, la hija de ambos, se había ocupado de la cocina. Con los años, Anna se había convertido, además de en una psicoanalista extraordinariamente productiva e intuitiva —es más: la única sucesora legítima de su padre y fiel defensora de su obra—, en una cocinera con tanto talento como decisión, algo que Freud, en secreto, apreciaba incluso más. En concreto, Anna preparaba la carne asada con cebolla como nadie en Viena: la carne jugosa y en su punto; las cebollas, doradas, rebozadas con harina y mantequilla, y las patatas, espolvoreadas con perejil fresco picado. Freud observó a su hija con el rabillo del ojo. Con la cucharilla de plata, seguía removiendo el pudin con desgana mientras hojeaba uno de los mamotretos más gruesos de Arthur Schopenhauer. Llevaba el pelo recogido en la nuca en dos rodetes en los que se reflejaban unos rayos del sol invernal que se habían colado un par de minutos a la hora del almuerzo en la garganta que formaban las casas de Berggasse, y habían llegado hasta allí, el comedor de la familia Freud. Siempre había sido un misterio para él de dónde sacaban las mujeres la destreza y la paciencia para erigir semejantes estructuras en sus cabezas. En el dormitorio se oyó un leve quejido, seguido de un gemido de confort y unos sonidos indefinibles que provenían de la cama. Ah, la mujer, se dijo Freud en silencio, admirado, ¿qué quiere, y qué tiene que ver con nosotros? En ese momento notó la mirada de Anna clavada en él, esa mirada que amaba más que nada en su vida.

—Mejor voy a ver otra vez —dijo, y dejó la cuchara y a Schopenhauer y se dirigió a la ventana para mirar hacia la calle—. ¡Sigue ahí!

Freud tosió levemente.

—¿Cuánto tiempo lleva ahí abajo sentado?

—Unas tres horas.

—¿Con este frío?

—Lleva bufanda.

Con la punta de la lengua, Freud se tentó suavemente los bordes de la prótesis de la mandíbula. Tendría que pulir un poco esos cantos afilados ahí detrás y rebajar ligeramente el ángulo de un lado. Durante la comida el dolor en la boca había sido soportable, pero estaba empeorando poco a poco. En el fondo, los honorables médicos no servían para nada. Quizá la próxima vez debería buscarse un carpintero. O un sepulturero, directamente. Se quedó con la mirada perdida al frente. Sobre el mantel sólo quedaba un trocito de almendra junto a la cesta del pan. Lo levantó con la punta del dedo y se lo llevó a la boca. Luego, con un suspiro que parecía contener el sufrimiento de toda la humanidad, se puso en pie y anunció:

—Hoy fumaré fuera.

Franz se levantó de un respingo al ver que la pesada puerta se abría y el profesor salía a la calle. El ímpetu de su propio entusiasmo a punto estuvo de hacerlo caer, pues tenía las piernas entumecidas como tablas y le dolía el trasero por haber estado sentado durante horas en el frío banco de madera. Pero ahí estaba, de pie, viendo cómo el profesor cruzaba la calle y se acercaba a él con las piernas un tanto inseguras y la figura encorvada.

—¿Puedo sentarme? —preguntó Freud, y se dejó caer en el banco sin esperar respuesta. Con la punta de los dedos pescó una cajita plateada mate del bolsillo del abrigo y sacó un Virginia.

Antes de que pudiera ponérselo entre los labios, Franz se sentó junto a él sujetando un puro largo y delgado ante los ojos del profesor, que tragó saliva.

—Un Hoyo de Monterrey —dijo, con la voz un poco ronca.

Franz asintió.

—Cultivado por hombres valientes en las soleadas y fértiles orillas de San Juan y Martínez, y enrollados a mano con delicadeza por sus bellas mujeres.

Freud acarició el puro en toda su longitud y lo apretó ligeramente entre el pulgar y el índice.

—Un habano aromático, de sabor ligero pero que seduce por su gran elegancia y complejidad —recitó Franz con una naturalidad que no dejaba traslucir todas esas penosas horas nocturnas que le había costado memorizar las descripciones de la caja de puros. Sacó de un bolsillo de los pantalones un cortapuros plateado y se lo tendió al profesor—: Los habanos hay que cortarlos justo por la línea, donde se unen la perilla y la capa.

Freud cortó la punta y encendió el Hoyo con una cerilla tan larga como un dedo. Sostuvo la llama a un centímetro y aspiró hasta que el fuego prendió el habano. Luego giró el puro despacio entre los dedos y sopló con suavidad el ascua. Se recostó en el banco con una sutil sonrisa y contempló el humo azulado que se arremolinaba en el límpido aire invernal.

—Bueno, ahora suéltalo: ¿qué quieres?

Franz se aclaró la garganta, ceremonioso, reacomodó el trasero en el banco, carraspeó de nuevo y finalmente se volvió hacia el profesor con un gesto de desesperación, como si se ahogara.

—¡Me he enamorado, señor profesor!

Freud sostuvo el puro contra la luz del sol y lo observó, meditabundo.

—¡Te felicito! —dijo—. No pierdes el tiempo, ¿eh?

—No, señor profesor, es que la he perdido.

—¿A quién?

—¡A la chica!

—Pensaba que te habías enamorado.

—¡Sí, pero soy infeliz! —soltó Franz, como si fuera el corcho de una botella de champán agitada.

Freud, al que la prótesis de la mandíbula volvía a atormentarlo, ladeó la cabeza y se quedó mirando el espacio vacío entre el banco y la puerta de su casa.

—*Ut desint vires, tamen est laudanda voluntas* —dijo al fin, y sonó como si quisiera triturar cada palabra entre los dientes.

—¿Perdone, señor profesor?

—Es como decir: ¡la cabeza bien alta!

—¿Cómo puede una frase tan larga tener un significado tan breve?

—Es algo que suele ocurrir con las frases. Quien habla mucho, la mayoría de las veces tiene poco que decir —contestó Freud, con un tono un tanto agrio—. Por cierto, ¿qué tengo que ver yo con todo eso?

—¡Es culpa suya! —exclamó Franz—. Me recomendó divertirme y buscar una chica.

—Así pues, ¿consideras que el médico es el agente patógeno?

—¡Qué dice! —Franz se puso en pie de un brinco y empezó a pasearse delante del banco dando grandes zancadas—. No sé nada de médicos ni de patógenos. Sólo sé que estoy alterado. Siempre, continuamente. Apenas puedo trabajar. Apenas puedo dormir. Sueño cosas absurdas. Doy vueltas por la ciudad hasta el amanecer. Tengo calor. Tengo frío. Me encuentro mal. Me duele el estómago, la cabeza, el corazón. Todo a la vez. No hace tanto me sentaba a la orilla del lago a contemplar los patos. Pero tan pronto como llego a la ciudad se pone todo patas arriba. Y no sólo me pasa a mí, sino que puede verse en todas partes. En la prensa un día se lee que todos aclaman a Schuschnigg y, al día siguiente, a ese tal Hitler. Y yo mientras tanto estoy sentado en el estanco y me pregunto: ¿quiénes son esos dos en realidad? Limpio la sangre de cerdo del escaparate y me subo a lloriquear en el trenecito del parque. Bailo con la chica más guapa del mundo, y al cabo de un instante se ha ido. Ha desaparecido. Nunca ha estado ahí. Así que le pregunto: ¿me he vuelto loco? ¿O es que todo el mundo se ha vuelto loco?

El profesor hizo caer la ceniza del Hoyo con la punta del dedo y sopló con cuidado el ascua.

—Primero: vuelve a sentarte —dijo con calma—. Segundo: sí, el mundo se ha vuelto loco. Y tercero: no te hagas ilusiones o ¡te volverás aún más loco!

Franz se desplomó en el banco y se quedó mirando al frente con expresión funesta.

—En el fondo me da igual si el mundo se va al garete. Lo único que me interesa es esa chica.

—¿Y cómo se llama?

—No lo sé.

—¿Ni siquiera sabes su nombre?

—A decir verdad, no sé nada de ella, salvo que es de Bohemia. Y que tiene la mella en la dentadura más bonita del mundo.

—¿La mella en la dentadura más bonita del mundo? Parece que realmente te tiene pillado.

—Eso creo.

—¿Y qué esperas de mí ahora?

—¡Usted es médico! Y además profesor.

—Sí, ¿y...?

—Ha escrito libros. ¡Muchos libros! ¿No dicen nada que pueda ayudarme?

—Sinceramente, creo que no.

—Entonces ¿para qué sirven todos esos libros?

—Eso me pregunto yo también a veces. —Freud replegó los pies, se caló el sombrero un poco más y le levantó el ala con la mano.

Permanecieron los dos en silencio mientras Freud daba varias caladas al puro. El sol había desaparecido tras los tejados y hacía aún más frío que antes sentado en el banco. Franz vio que al profesor le temblaba un poco la mano cuando se llevaba el puro a la boca. Tenía manchas en la piel, que era muy fina y se estiraba sobre los tendones como papel de seda, surcada por una fina red de venillas azuladas. En ese momento, Franz se percató de lo viejo y frágil que era Freud. Se quitó la bufanda del cuello y se la ofreció.

—¿Qué quieres que haga con esto? —gruñó el anciano.

—Es invierno, y con la salud no se juega.

—¡Claro! —exclamó Freud con un asomo de amargo regocijo en la voz—. Soy demasiado viejo para jugar.

—¡Nadie es demasiado viejo para la bufanda de lana tejida por mi madre! —repuso Franz con firmeza, y con un movimiento delicado la enrolló en el delgado cuello del profesor.

Tras un momento de desconcierto e incredulidad, Freud sacó la barbilla de la gruesa lana y se concentró de nuevo en su puro, que para entonces se había consumido ya hasta la mitad.

—Así que esa joven dama te ha dejado plantado —murmuró como para sí mismo—. Ésos son los hechos. A mi juicio, ahora tienes dos opciones. Opción número uno: ¡ve a buscarla! Opción número dos: ¡olvídala!

—¿Eso es todo?

—Eso es todo.

—Disculpe, señor profesor, pero si todos sus consejos son como éste, no entiendo por qué la gente paga tanto dinero para poder sentarse en su diván.

Freud suspiró. Por una fracción de segundo pensó en ceder al arrebato de ira que sentía ascender desde su interior y apagar la vida del Hoyo en la frente de ese chico impertinente y pueblerino. Decidió no hacerlo y en su lugar lanzó volutas de humo azulado al aire.

—La gente paga tanto dinero porque lo que quiere oír de mí no son consejos. Y tal vez debería recordarte que has sido tú quien te has plantado en la puerta de mi casa durante tres horas el día del Señor para luego sobornarme con un puro, por cierto extraordinario, y pedirme consejo.

—Pero ¡estoy desesperado!

—¡Claro, claro! —dijo Freud, suspirando—. En los acantilados de lo femenino se estrellan incluso los mejores.

—Y yo, sin duda, no soy de los mejores.

—Eso ya se verá —replicó el profesor, y alzó la vista hacia la ventana del comedor, donde había aparecido Anna con el dedo índice levantado, en un gesto admonitorio que significaba inequívocamente que volviera al calor de dentro.

—¿Es su hija?

El profesor asintió. Con la mejor sonrisa que Franz fue capaz de esbozar habida cuenta de que tenía las mejillas heladas, saludó a Anna, que le devolvió el saludo con un ligero gesto de la mano y acto seguido, con movimientos rápidos, corrió las cortinas y desapareció tras ellas.

—Se parece un poco a mi madre. De lejos, me refiero.

—¿Es necesario que me recuerdes constantemente que soy más viejo que Matusalén? —refunfuñó Freud. Cerró los ojos y, concentrado, le dio una última calada a su Hoyo. Pero ya se había consumido. El sabor del puro apenas pudo compensarle el dolor en la boca. Con cuidado, dejó la colilla en el reposabrazos y observó cómo el ascua se extinguía poco a poco.

—Así se alcanza la dignidad... —murmuró cuando el puro se apagó, y Franz asintió. Se miraron.

—¿Y ahora? —preguntó el joven.

—Ahora te voy a extender una receta —contestó Freud—. O mejor incluso, tres recetas. Aunque parezca un poco paradójico, te las daré de palabra. ¡Así que presta atención y entérate bien! Primera prescripción (contra el dolor de cabeza): deja de darle vueltas a la cuestión del amor. Segunda prescripción (contra el dolor de estómago y los sueños extraños): deja papel y una pluma junto a la cama y apunta todos los sueños en cuanto te despiertes. Tercera prescripción (contra el dolor de corazón): ve a buscar a la chica o, si no, olvídala.

Hacía rato que el sol se había puesto. El viento frío hizo volar hojas de periódico por Berggasse. Alguien abrió una ventana, por la que escapó música un momento, una marcha militar, y luego volvió el silencio. El profesor hizo un esfuerzo trabajoso y ambos se pusieron en pie.

—Te deseo mucha suerte, Franz —dijo, y le tendió la mano.

Franz notó los dedos del anciano, delgados y ligeros como un haz de ramitas secas, estrechando los suyos.

—¡La necesitaré!

Freud ya había cruzado la calle y estaba sacando la llave de casa del bolsillo del abrigo cuando le llegó de nuevo la voz de Franz, temblorosa por el frío:

—¿Podría tumbarme yo también alguna vez en su diván, señor profesor?

Freud se volvió.

—¿Y qué quieres hacer en mi diván?

—No lo sé. Pero cuando vaya ya lo descubriré.

Freud observó al chico, lleno de incredulidad. Se levantó el sombrero de la frente y se retorció la barba con dos dedos.

—Primero las prescripciones, luego ya veremos, ¿de acuerdo?

—De acuerdo.

Guardaron silencio unos segundos. Al final, Freud torció el gesto en una media sonrisa y metió la llave en la cerradura.

—Feliz Navidad, Franz.

—Feliz Navidad, señor profesor.

El estanco cerraba durante las fiestas navideñas. Con total confianza, Otto Trsnjek había dejado a Franz la responsabilidad tanto de la llave como de las habitaciones silenciosas, y se había ido a casa de una prima segunda en Potzneusiedl para «conceder al alma y la pierna un poco de tranquilidad en el aburrimiento de Burgenland». Franz pasó la mayor parte del tiempo en su cuartito, por un lado, para reunir fuerzas para la inminente reconquista, y, por el otro, porque desde aquella tarde de domingo que había pasado en el banco de madera, sufría un resfriado terrible. Fuera hacía días que nevaba ininterrumpidamente. Las brigadas municipales, formadas por desempleados demacrados y soldados del ejército austríaco con rostros infantiles y aspecto de campesinos, habían acumulado la nieve hasta la mitad de la altura del escaparate. El estanco estaba poco iluminado y en silencio, y Franz se sentía tranquilo. Pasaba la mayor parte del tiempo tumbado en la cama, escuchando el suave crepitar de la estufa de carbón y pensando en aquella dentadura bohemia mellada. En Nochebuena encendió una vela y se zampó todo lo que contenía el paquete que le había enviado su madre: galletas de vainilla con forma de medialuna, rosquillas de manteca, empanadillas rellenas de mermelada y otros dulces que le recordaban su casa y su infancia. En el fondo de la caja, Franz encontró una pequeña fotografía. En ella aparecía su madre en la superficie helada y cubierta de nieve del Attersee. Llevaba uno de esos gorros de lana que ella misma tejía, una chaqueta tirolesa también de lana, una falda de invierno y sus viejos zapatos tradicionales forrados con piel de conejo. Miraba directamente a la cámara y reía. Tenía un brazo estirado y parecía señalar algo, tal vez la cabaña o quizá un poco más allá, hacia la cima cubierta de niebla del Schafberg. Casi con toda seguridad la fotografía la había hecho el párroco Sieglmeier. Era uno de los pocos habitantes de Nußdorf que tenía una cámara, y probablemente su madre lo había sobornado con una sopa de pescado picante, un *strudel* recién hecho o la promesa de acudir a la iglesia con más regularidad. Una única lágrima cayó sobre la fotografía y formó una mancha húmeda y redonda, justo en el lugar donde el brazo de su madre señalaba al cielo. Franz se apresuró a limpiarla con el pulgar y volvió la imagen. En el dorso había escrito con lápiz azul claro el siguiente mensaje:

73

Querido Franzl:
   Te deseo de todo corazón unas felices fiestas
de Navidad y un próspero año nuevo.
                                        Tu mamá

P.D.: ¿Sigues enamorado?
P.P.D.: Si tienes los pantalones sucios, puedes
enviármelos.
P.P.P.D.: Deja ya de escribir «madre», soy tu
mamá y punto.

Franz buscó una postal en el expositor, una que
fuera impresionante —la estatua de Johann Strauss con
un montón de nieve en la cabeza y un coro de chicos
alrededor—, y escribió con su mejor caligrafía:

Querida mamá:
   La Navidad ya casi ha pasado y todo lo que
había en tu paquete ha desaparecido. Los últimos días han sido un poco duros, pero con el
nuevo año todo volverá a su cauce.
                                        Tu Franzl

P.D.: Aún estoy enamorado.
P.P.D.: Los pantalones no están sucios.
P.P.P.D.: De acuerdo.

Puntualmente, para la noche de fin de año, el consti-
pado febril por fin quedó atrás y Franz se dirigió a la
Annagasse, en el centro, y allí celebró el año nuevo en
«un local de baile conocido en el mundo entero y muy
apreciado» —según prometían los anuncios colocados

con habilidad en los distintos periódicos—, entre cientos de vieneses y vienesas, vaciando una botella de dos litros de vino blanco y avinagrado de Borgoña que coló de extranjis escondida bajo la camisa y bailando valses con una mujer gorda. Al día siguiente, el primero del esperanzador año nuevo de 1938, subió al tranvía a primera hora y, traqueteando, se dejó llevar a través de la ventisca hasta el Prater. La noria se alzaba oscura e inmóvil contra el cielo, y los puestos habían quedado enterrados como muertos bajo una gruesa capa de nieve. Las calles parecían casi desiertas y sólo de vez en cuando se veía aquí o allá un paseante perdido entre los chiringuitos. En la gran atracción del barco pirata colgaban brillantes carámbanos de hielo, y en la cabina más alta se había posado un cuervo que daba picotazos en la nieve. Franz se encaminó a la Casa Suiza, donde las luces ya estaban encendidas y la entrada despejada de nieve para los primeros aperitivos del año. Entró en el local y se dirigió directamente al camarero del bigote, que estaba de pie detrás de la barra y que, bajo la luz mortecina de las lámparas del techo, comprobaba con un parpadeo cansado un vaso recién lavado.

Sin levantar la vista, el camarero le preguntó si podía ayudarlo. Hastiado, Franz paseó la mirada por la sala y luego dejó un billete sobre la barra. Quería hacerle una pregunta, en el fondo era una tontería, una cuestión que se formulaba rápidamente y se respondía aún con mayor rapidez.

En realidad, debía de ser una tontería minúscula, comentó el camarero, por lo menos a juzgar por el valor de ese pedazo de papel. Franz sacó otro del bolsillo de la chaqueta y, en silencio, lo dejó junto al primero. El camarero colocó el vaso en la estantería y acto seguido se guardó el dinero en el mandil.

—Adelante —dijo.

Fuera nevaba con más intensidad. Los copos gruesos y blandos caían del cielo sin hacer ruido, se enredaban en los cabellos y se quedaban colgando de las pestañas. Franz y el camarero buscaron refugio bajo un gran castaño.

De qué tontería se trataba exactamente, quiso saber el camarero.

Se trataba de una paisana suya, contestó Franz, una bohemia.

Sólo porque hablara checo no significaba que él fuera bohemio, quiso dejar claro el camarero. Se oyó un leve crujido en la copa del árbol, encima de ellos, y un montón de nieve cayó al suelo.

En todo caso, el señor camarero seguro que recordaba, respondió Franz, que esa chica bohemia y él habían estado bebiendo cerveza y bailando no hacía mucho tiempo bajo ese mismo castaño. Ella era muy guapa. Bastante rellenita, con el cabello dorado como el sol, el labio superior delicadamente arqueado y una mella en la dentadura que parecía cincelada por la mano de Dios.

El camarero se encogió de hombros. Lo de la memoria era todo un tema, dijo, y se quedó mirando con tristeza el montoncito de nieve que se le había formado en la punta de los zapatos. Franz suspiró y sacó otro billete del bolsillo de su abrigo.

Ah, sí, dijo el camarero, qué curioso, ya recordaba a esa bohemia gorda.

Rellenita, dijo Franz, rellenita, no gorda.

Lo que tú digas, respondió el camarero. ¿Qué más?

La dirección, contestó Franz, si el camarero tenía su dirección. O si sabía su nombre. O algo. Al fin y al cabo, la conocía, eso era obvio.

Cuando uno era camarero en el Prater conocía a mucha gente, resultaba difícil recordar a alguien en particular, replicó el camarero.

Franz le metió su último billete en el mandil. ¿Le resultaba ahora un poco más fácil?

El camarero sonrió. ¿Por qué se había ido a fijar precisamente en esa provinciana rolliza? El parque le ofrecía muchas otras posibilidades, seguro que el señor podía conseguir algo.

Rellenita, insistió Franz con la mirada fija, rellenita, no rolliza.

Rellenita o rolliza, era sólo una manera de decirlo, contestó el camarero, pero de una forma u otra: lo barato era siempre barato.

Algo estalló en Franz. Se abalanzó sobre el camarero con un grito contenido y empezó a golpearlo. El bigotudo se escabulló, dio dos pasos a un lado, otro hacia atrás, de nuevo hacia delante, y descargó en Franz un directo fulminante. El puñetazo lo alcanzó justo en el puente de la nariz, se oyó un sonido hueco, una sombra se cernió sobre él y lo cubrió todo de oscuridad y silencio.

Al cabo de dos segundos Franz había recuperado la consciencia. Estaba tumbado boca arriba, mirando directamente el rostro del camarero bigotudo que lo observaba desde arriba.

Estaba un poco desentrenado, dijo éste en tono afable, pero eso bastaba para atizar en la cabezota a cualquier paleto que se presentara. ¿Necesitaba ayuda?

No, gracias, contestó Franz, y siguió tumbado.

El camarero dijo que no había que ponerse violento cuando se trataba de mujeres.

No, probablemente no, reconoció Franz.

El camarero le lanzó una mirada severa y paternal. ¡Menuda estupidez por su parte!

Franz asintió. Pero ¿cree que tal vez podría darle la dirección o el nombre ahora?

Tozudo como una mula de Estiria, dijo el camarero, moviendo la cabeza en señal de desaprobación.

Como alguien del norte de Austria, replicó Franz, mientras el sabor dulzón a sangre empezaba a extenderse por su boca.

Como quieras, dijo el camarero. La nieve había empezado a acumularse y formar una fina capa sobre su cabello espeso, lo que lo hacía parecer un abuelo. Del interior de la fonda llegaban las voces de sus colegas. Risas. Alguien entonó una canción. Luego volvió la calma. El camarero suspiró.

No muy lejos de aquí, en el segundo distrito, explicó, la casa amarilla de Roternsterngasse. Sólo hay que seguir a las ratas; a la izquierda hay un montón de escombros, y a la derecha, otro. Ahí podía preguntar el joven, si realmente estaba tan interesado.

Muchas gracias, dijo Franz.

No se merecían, contestó el camarero. Dio unos saltitos, se sacudió la nieve de los hombros y se atusó el bigote con los dedos. Esperaba que pronto cambiara ese tiempo asqueroso, así no podía seguir.

Franz asintió.

Ahora tenía que volver a entrar, añadió el camarero, tampoco tenía sentido pasarse todo el domingo bajo un castaño nevado.

Por supuesto, dijo Franz. Hasta pronto.

Hasta pronto.

Cuando el camarero volvió a la fonda, Franz se quedó un rato allí tumbado mirando hacia arriba, contemplando la ventisca. Al poco le pareció que no eran los copos de nieve los que se precipitaban sobre él, flotando, sino que era él quien se elevaba del suelo y se alejaba cada vez a mayor velocidad, más y más alto hacia el cielo vasto y silencioso.

La casa amarilla de Rotensterngasse amenazaba ruina. Como había dicho el camarero, a ambos lados de la entrada había escombros hasta un metro de altura. Por todas partes, el revoque del muro se desmenuzaba y las ventanas estaban grises de polvo o cegadas con tablones. Del canalón colgaban carámbanos parduscos y, encima de uno de los ventanucos del sótano, se leía en letras verdes: ¡SCHUSCHNIGG, PERRO JUDÍO! La puerta del edificio se hallaba abierta de par en par, pero el pasillo estaba oscuro y apestaba a humedad y orina. Pero algo más flotaba en el aire: un tufo intenso y dulzón que, como un recuerdo lejano, trasladó a Franz hasta su hogar. Olía a pocilga. Franz no pudo evitar sonreír un poco para sus adentros. Subió con cuidado la escalera, haciendo crujir bajo los pies trozos de argamasa desprendidos. A cada paso, el hedor era más intenso. En su casa, eso no habría molestado a nadie, ni siquiera a él, pensó. A fin de cuentas, los cerdos olían mejor que, por ejemplo, los leñadores al terminar el turno o los colegiales después de la clase de gimnasia. En el pasado, él mismo se había colado de vez en cuando en las pocilgas de las granjas vecinas para abrazar a los lechones como si fueran hermanitos rosados y se había acurrucado con ellos en la paja. Pero allí, entre las paredes grises de la ciudad, ese olor estaba fuera de lugar y resultaba repugnante. Habían sacado de los goznes una de las puertas del entresuelo, y en la estancia que había a continuación vio al cerdo. Era un animal enorme, estaba tumbado, pesado e inmóvil, en el suelo de baldosas cubiertas de paja, y resollaba tranquilo. Al lado había una anciana sentada en una caja de fruta. En el regazo tenía una olla en la que trabajaba, con movimientos lentos pero constantes, una masa.

—Disculpe, ¿no vivirá aquí una chica joven, de Bohemia? —preguntó Franz.

La anciana se lo quedó mirando un momento. Después señaló el techo con la cuchara, sin decir nada. Un grumo espeso de masa se desprendió y le cayó en el regazo. La puerca se volvió pesadamente y se recostó sobre el otro flanco, levantó la cabeza y miró la pared, apática.

En la segunda planta, la mayoría de las viviendas parecían vacías y casi todas las puertas estaban abiertas o no existían. Sólo la del último apartamento, al final del pasillo, estaba intacta. Detrás se oía un vocerío ininteligible. Franz llamó dos veces e inmediatamente se hizo el silencio. Se oyó un breve cuchicheo y luego un claro «¡Adelante!».

Franz se limpió los últimos restos de nieve del cuello, respiró hondo y abrió la puerta. Por lo que vio a primera vista, había unas treinta mujeres en la habitación. Algunas estaban sentadas en mesitas, taburetes, cajas y cubos. Había tres en cuclillas sobre el alféizar como si fueran pájaros sobre una rama. Otras estaban tendidas en colchones viejos dispuestos junto a las paredes. Había dos jóvenes sentadas con las piernas cruzadas delante de una estufa de carbón baja, jugando a cartas; una mujer estaba de pie frente a un pedazo de espejo colocado en la pared, pintándose los ojos con un carboncillo; otra estaba sentada sobre un cesto de la colada volcado con un bebé muy pequeño que sostenía contra su pecho.

—Disculpen —dijo Franz con timidez—, ¿vive aquí una chica joven, de Bohemia?

Una de las chicas soltó una risita y otra con los ojos de color aguamarina se llevó la mano a la boca para reprimir una carcajada. Las demás simplemente siguieron sentadas, mirándolo.

—¡Ah, el muchachito del traserito bonito!

Reconoció su voz enseguida. Estaba sentada en un colchón con las rodillas dobladas y envuelta en una manta de lana fina. Un pañuelo le ocultaba el cabello y el rostro quedaba casi en la penumbra. Aun así, Franz supo que ella estaba sonriendo. Y él también sonrió. Si aquella chica de Bohemia envuelta en la manta de lana no lo hubiera sacado de su feliz estupor diciendo «¿Podrías pagarme una comida y un vasito de vino, muchachito?», probablemente se habría quedado el resto de la tarde, o incluso más tiempo, allí plantado junto a la puerta con una sonrisa que parecía abrazar el mundo entero, o cuando menos a esas treinta mujeres de ese cuchitril húmedo.

Se llamaba Anezka y era tres años mayor que él. Provenía de la región de Mladá Boleslav, en concreto de Dobrovice, «un pueblo precioso acurrucado sobre la colina Viničný como si ésta fuera un amante oscuro». Alternaba trabajos de niñera, cocinera o asistenta doméstica, sin autorización oficial, como el resto de las mujeres de la casa amarilla. «Todas de Bohemia. ¡Mujeres guapas y valientes, todas y cada una!»

Caminaron juntos por las calles blancas, oyendo el crujido de la nieve bajo sus pies, y Franz le habló de su pueblo, donde el lago cambiaba de color según la estación del año: en primavera era verde oscuro, plateado en verano, azul marino en otoño y negro en invierno, como el corazón del diablo. Le habló de las vacas, cuyas boñigas eran tan grandes que de pequeño podía hundirse en ellas hasta las rodillas, y de los peces que siendo niño sacaba del agua, tan suculentos que con uno bastaba para saciar a una brigada entera de leñadores. Le describió los barcos de vapor destinados al recreo que en verano cabeceaban a diario con su colorido tumulto de turistas en cubierta, a los que los niños desafiaban haciendo carreras a nado cuando zarpaban, y le habló de los *strudel* de patata de su madre, famosos en todo Salzkammergut, cuya masa preparaba en la mesa durante los meses de invierno y luego freía en una gran sartén de hierro con manteca de ganso, para después amontonarlos y formar una montaña dorada, humeante y aromática. Franz le contó esas y otras cosas. Las palabras le brotaban con naturalidad y desplegaban ante ellos un panorama tan maravilloso que el paseo por las calles casi desiertas se prolongó hasta el anochecer, momento en que los faroleros subían a sus escaleras para retirar la nieve acumulada en las farolas y las luces empezaban a brillar entre la ventisca.

Anezka se paró delante de una pequeña taberna.

—¡Ahora, a comer! —dijo, y entró.

Franz pidió dos raciones de gulash y una botella de vino extranjero, tan bueno que ni siquiera el camarero sabía pronunciar su nombre. El gulash estaba sabroso y caliente, los pepinillos crujían al morderlos y los panecillos crepitaban. Franz nunca había visto a nadie comer con semejante devoción. Y nunca había disfrutado tanto viendo comer a alguien. Pidió una segunda ración, y luego una tercera. A continuación, tomaron crepes rellenas de chocolate y cubiertas de una capa gruesa de azúcar glas, además de una segunda botella de vino. Cuando finalmente acabaron el último trozo de crepe acompañado con el último sorbo de vino, Anezka se reclinó en la silla con un largo suspiro, juntó las manos sobre el estómago y miró a Franz lánguidamente.

—Y ahora te quiero a ti, muchachito —dijo.

El interior del estanco estaba en silencio y bañado por el reflejo azulado de la nieve que se colaba por los escasos espacios libres que dejaban en el escaparate la multitud de carteles que había pegados. Cuando Franz cerró la puerta tras de sí, Anezka levantó la nariz, olfateó el aire de la estancia y aspiró profundamente el aroma a tabaco y papel. Con un gesto cortés y al mismo tiempo elegante y sereno, Franz pretendía indicarle el camino a su cuartito, pero entonces notó la mano de la chica en el trasero, justo en el sitio donde la había posado aquella vez, hacía una eternidad, mientras bailaban en la Casa Suiza. Enseguida se le desbocó el corazón y notó que lo invadía un calor ardiente. Quería preguntar algo, algo muy pero que muy urgente, algo tremendamente importante, algo que tenía en la punta de la lengua, pero entonces ella le puso la otra mano en el trasero y sintió las caderas de ella contra las suyas, y en su cabeza las palabras se evaporaron como gotas en una cocina caliente. Ella lo miró a los ojos, se acercó muy despacio a su rostro y, cuando Franz notó su aliento en la boca y le vio el leve temblor en el labio superior, lo recorrió un estremecimiento de placer tan intenso que seguramente se habría caído contra la estantería del tabaco si en el último momento Anezka no lo hubiera sujetado y estrechado con fuerza contra su cuerpo. Franz cerró los ojos y oyó cómo salía de él un sonido semejante a un ronroneo. Mientras los pantalones le resbalaban por las piernas y con ellos se alejaba toda la carga de su vida anterior, inclinó la cabeza y alzó la vista hacia la penumbra del techo y, por un instante lleno de dicha, tuvo la sensación de comprender el mundo en su infinita belleza. Qué curiosa, la vida y todo lo demás, pensó Franz. Luego notó cómo Anezka se deslizaba hacia el suelo, delante de él, le agarraba con ambas manos las nalgas desnudas y lo atraía hacia ella.

—Ven, muchachito —oyó que susurraba, y con una sonrisa, Franz se dejó llevar.

Si alguien, por el motivo que fuera, hubiera seguido en la calle unas horas más tarde en aquella noche gélida, tal vez habría visto cómo se abría de golpe la puerta del estanco del viejo Trsnjek y dos siluetas desnudas, un chico joven y delgado y una muchacha rolliza, salían dando tumbos a la calle y, entre chillidos, se lanzaban bolas de nieve durante un rato, luego bajaban corriendo un tramo de Währingerstraße y finalmente se dejaban caer sobre un gran montículo de nieve, más o menos a la altura de la tienda de artículos de piel de la señora Sternitzka, con los brazos y las piernas extendidos. Sin embargo, a esas horas y con ese tiempo de perros, no había nadie en la calle. Nadie pudo ver cómo Franz y Anezka se tumbaban juntos, jadeando, y allí estirados contemplaban el cielo. Y nadie pudo escuchar la breve conversación que Franz inició con una pregunta que desde hacía unos minutos le rondaba la cabeza, que, por otro lado, se le estaba enfriando poco a poco.

—¿Por qué te fuiste aquel día en la Casa Suiza? Anezka levantó el brazo y con los dedos siguió el contorno de los tejados vecinos. Mientras tanto, casi había dejado de nevar y ahora unos oscuros jirones de nubes atravesaban el cielo y detrás de una chimenea se veía el suave brillo del claro de luna.

—A veces hay que salir corriendo, y otras hay que quedarse —respondió—. Así es la vida.

—Puede ser... —empezó Franz a modo de débil réplica, pero mientras lo decía ella hizo un giro elegante con la mano en el aire y acto seguido la bajó con rapidez y precisión y le agarró el miembro.

—No hables tanto, mejor echemos otro polvo.

—Por supuesto, su acento bohemio volvió a alterar las palabras, pero Franz la entendió perfectamente.

La liberación sexual no supuso para Franz una mejora de su estado general. El fuego que ahora tenía prendido en la entrepierna ardía con intensidad y nunca más se apagaría, sobre eso no albergaba dudas. Además, y era dolorosamente consciente de ello: tenía mucho que aprender. La noche había sido demasiado corta, ni siquiera toda una vida le parecía suficiente para comprender el misterio de la mujer en toda su terrible belleza. «En los acantilados de lo femenino se estrellan incluso los mejores», había dicho el profesor. Si ha de ser así, que así sea, pensó Franz. Él quería estrellarse, siempre y cuando fuera en las costas escarpadas de Anezka. Ya no había marcha atrás. Quería seguir haciéndolo, practicando, aprendiendo. Fuera como fuese, quería volver a acostarse con ella, sentir su maravilloso aroma en la nariz y sus manos en el trasero, ansioso por aprender.

Por eso, la tarde del día siguiente se encaminó de nuevo a la casa amarilla de Rotensterngasse, recorrió el pasillo pestilente, ascendió por la escalera destartalada, pasó junto a la anciana con el cerdo, que resoplaba tranquilamente, y subió al piso abarrotado de mujeres bohemias. Pero Anezka no estaba. Ni al día siguiente. Tampoco ese fin de semana. Ni el que siguió. Anezka no aquí, Anezka marchado, Anezka en algún sitio, Anezka trabajando, decían las mujeres que encontraba en el piso cada vez que iba y que, dicho sea de paso, nunca parecían ser las mismas. Dónde o para quién trabajaba era algo que no podían decirle, no sabían o no querían saber, y Franz se marchaba de nuevo con el pelo brillante y untuoso y la raya bien hecha, y bajo el brazo, una caja de bombones caros que había comprado en una bombonería del centro. De día se quedaba sentado en su taburete, blanco como el papel, y fingía leer la prensa. De noche daba vueltas en la cama y hundía la cara en la almohada, donde no mucho antes se habían derramado los cabellos de Anezka como si fueran rayos de sol. Dormía a intervalos cortos y sus sueños estaban sembrados de imágenes confusas. A veces seguía el consejo del profesor e intentaba apaciguar su vida interior, que se había vuelto convulsa, anotando los sueños nada más despertar. No servía de nada. Nada lo ayudaba. Todo era en vano, no había remedio. Se sentía como si Anezka le hubiera arrancado el corazón y se lo hubiera llevado consigo. Lo que aún le latía en el pecho no era más que el recuerdo de algo que hacía tiempo que le pertenecía a ella: en la mano abierta, en el bolsillo del delantal, apretado entre las tablillas del somier de la cama, palpitante y ardiente delante de ella en la mesa de la cocina.

Entonces ocurrió. Tras pasar unas semanas atormentado después de ese primer seísmo en el estanco, unos leves golpes en plena noche despertaron a Franz del duermevela. Fuera estaba Anezka vestida con un abrigo corto, helada. No dijo nada. Sin pronunciar palabra entró y se tumbó en la cama. Dejó que él la desnudara. A Franz le temblaban tanto las manos que tardó una eternidad. Poco a poco fue descubriendo su cuerpo, hasta que éste descansó desnudo delante de Franz, blando y redondeado, con la piel lechosa del claro de luna. Cuando todo acabó y se tumbó boca arriba a su lado convertido en un montoncito de felicidad, Franz pensó que, al día siguiente por la mañana, nada más levantarse, le pediría matrimonio. Pero cuando despertó, ella ya no estaba.

Franz decidió seguir la segunda sugerencia del profesor y olvidar a Anezka. Se esforzó mucho, pero al ver que al cabo de tres semanas aún le ardían las huellas de sus pequeñas manos en el trasero, que su nombre se le aparecía como un espectro cada dos renglones en la prensa, o que, al fregar las gotas que se le habían escapado al perro salchicha del asesor comercial Riskovetz en los tablones del suelo, distinguía en las vetas el contorno del labio superior de la chica, luego su rostro y por último su cuerpo, finalmente renunció a lo de olvidar. En lugar de eso, lanzó el harapo con el que estaba limpiando a un rincón y se plantó decidido delante de Otto Trsnjek con las piernas separadas y los brazos en jarras. Lo sentía, le dijo levantando la voz y en tono firme, pero sencillamente ya no aguantaba más. Debía ir a un médico de inmediato, en ese mismo instante, en ese momento, pues tenía la columna vertebral en muy mal estado y dolorosamente torcida por estar sentado durante horas en el taburete. El estanquero le enroscó el tapón a la pluma estilográfica, la guardó con mucho cuidado en su estuche de piel, que estaba un poco mugriento por los años, se inclinó sobre la hoja donde constaba una serie de pedidos urgentes y secó la tinta con un suave soplo. Luego miró por encima de la montura de las gafas a su aprendiz, que seguía impasible delante de él con las piernas separadas aún, y tras un largo suspiro lo liberó para el resto del día con estas palabras:

—¡Por mí, lárgate ahora mismo!

Por supuesto, Franz no fue al médico, sino directamente a la casa amarilla de Rotensterngasse, donde se sentó a esperar sobre una pila baja pequeña de ladrillos quebradizos detrás de uno de los montículos de escombros. No ocurrió nada en toda la tarde. No paraban de entrar y salir mujeres, pero Anezka no iba entre ellas. Pasaron las horas y unos rayos de sol iluminaron brevemente los escombros, llovizvó un poco, luego refrescó y se impuso la oscuridad de la noche. Franz notó que la humedad de los ladrillos se le filtraba por los pantalones y maldijo para sus adentros. ¿Cómo se le había ocurrido la descabellada idea de hacer caso a un profesor más viejo que Matusalén, casi ingrávido y que encima olía a serrín, y dejarse embaucar con una estupidez como el amor? Cuando poco después llegó el farolero y encendió las últimas tres farolas que aún funcionaban en la calle, Franz se rindió al fin. Levantó el trasero húmedo de la pila de ladrillos con un sonido similar a un chasquido para emprender la retirada y regresar al estanco. En ese preciso instante ella salió de la casa. Con la cabeza un poco gacha y el cuello del abrigo levantado, se alejó a pasitos rápidos por la calle, en dirección opuesta. Franz salió de detrás de los escombros y la siguió a una distancia prudencial. Igual que en aquella película policíaca americana poblada de hombres despiadados y furiosos, o anhelantes y soñadores, que había visto años atrás con su madre durante una proyección muy concurrida en St. Georgen, intentó aprovechar la confusión y los recovecos de la ciudad para camuflarse: se refugiaba en entradas de edificios, saltaba tras una columna para publicidad, cambiaba de acera, corría unos metros junto a un vehículo cargado de alquitrán humeante y se escondía tras la ancha espalda de un operario del canal que volvía a casa, cansado, con sus botas altas. Anezka cruzó Weintraubengasse, llegó a Praterstraße y se movió con seguridad y rapidez entre el denso tráfico en dirección a la noria. Tras pasar los autos de choque del Autodrom, dobló de repente a la derecha y desapareció por un callejón lateral. Franz esperó unos segundos y luego también dobló la esquina. El camino era estrecho, delimitado a ambos lados por una cerca de tablones inusualmente altos, que dejaba ver sólo por encima una franja de cielo nocturno sin estrellas. Tras unos veinte pasos, el pasaje desembocó en un patio trasero rodeado de paredes mugrientas. En un rincón había unos cubos de basura oxidados que, amontonados, parecían vacas dormidas. De un cable desnudo colgaba una bombilla que derramaba una sucia luz amarillenta. Con el rabillo del ojo, Franz percibió un movimiento en la penumbra de un hueco que había en una de las paredes, un movimiento suave y silencioso, como un gesto lánguido. Era el pliegue de una cortina que se movía con el aire. Encima había un letrero: A LA GRUTA, en letras doradas mate. Debajo, apenas legible: ¡ACÉRQUENSE! ¡PASEN! MISTERIO, PLACER Y DIVERSIÓN. SOLOS O EN PAREJA (ENTRADA: UN CHELÍN). Franz apartó la cortina a un lado y entró. La sala era minúscula y estaba sumergida en una luz verde oscuro. Le recordó al lago, a las inmersiones que solía hacer de niño. Se había tumbado infinidad de veces en la pasarela, que olía a madera y a sol, desnudo, los días calurosos de verano, para escuchar el murmullo del cañizo y el agradable chapoteo por debajo de él, hasta que ya no aguantaba más y se lanzaba al agua de cabeza o con las piernas encogidas. Se sumergía lentamente en el remolino de sus propias burbujas, y alrededor cada vez había más silencio y oscuridad. Los postes de la pasarela estaban recubiertos por una capa tupida de algas y mejillones, y más allá, los juncos se elevaban hacia la superficie. De vez en cuando asomaba un pez entre la vegetación, por lo general una tenca o un salvelino. A veces incluso se dejaba ver un rutilo, que se quedaba unos segundos inmóvil en el agua antes de desaparecer de nuevo en la oscuridad con un solo aleteo. El pequeño Franz se sentaba en el fondo, tranquilo, y escuchaba el lago: el murmullo de las corrientes en las profundidades, el borboteo de las olas en la superficie, de vez en cuando un crujido en el cañizo y en ocasiones, a lo lejos, el sonido sordo del balanceo de los ferris. Notaba el lecho blando de las algas bajo el trasero y por encima de él veía las minúsculas partículas suspendidas que centelleaban con los rayos del sol. Horas después, cuando volvía a casa corriendo por el sendero de la orilla y el sol vespertino le iluminaba la cara, llevaba con él aún ese mundo apacible y verde con cierta nostalgia.

—¡Si quieres echar raíces, mejor lo haces fuera!

Era una voz vieja, cascada y aguda. Justo delante de Franz, más o menos a la altura del pecho, apareció la cabeza a la que correspondía esa voz. Una cabeza completamente calva y sin cejas, a la que la iluminación verde le confería cierto aspecto de lagarto.

—Un chelín si quieres ver el programa. Si no, la salida está ahí: ¡justo por donde has entrado!

En ese momento Franz distinguió la taquilla: una pequeña abertura cuadrada en la pared. El lagarto estaba sentado detrás, en penumbra, con la mirada fija en él.

—Una entrada, por favor —dijo Franz, y dejó un chelín sobre el saliente de la caja. El lagarto cogió el dinero y le dio la entrada.

—Puedes escoger el asiento, no hay pausa, que disfrutes.

Se abrió una puerta que pasaba desapercibida al estar empapelada como el resto de la pared; Franz entró. La sala que había detrás era más grande de lo que esperaba, y totalmente roja. El techo, las pantallas de las lámparas, la alfombra desgastada, el papel pintado, todo estaba teñido de un suave rojo oscuro que titilaba entre las sombras chinescas que proyectaban las numerosas velas. Tras una barra de espejo, una chica trajinaba con botellas y copas. Tenía como mucho dieciséis años, una cicatriz del tamaño de un dedo en la mejilla derecha y la nariz chata de boxeador. Había unas veinte mesas redondas repartidas por la sala, pero sólo unas cuantas estaban ocupadas y, por lo que pudo ver Franz, exclusivamente por hombres solitarios. Las velas iluminaban un cuello hirsuto, una frente arrugada, una mano de obrero con barro seco en el dorso, el cuello raído de la americana de un viejo.

Franz se sentó a una mesa, la chica se acercó y él pidió una jarra de cerveza rubia. Ella se la llevó, dejó un cuenco de frutos secos delante de él sin decir nada y volvió a desaparecer detrás de la barra. Pasaron unos minutos y de repente se encendió un foco que iluminó un escenario diminuto de madera al otro lado de la sala. Se abrió una puerta y un hombre bajo vestido de esmoquin se colocó bajo la luz. Era flaco y arrugado, pero pese a su edad rebosaba energía. Se inclinó con una sonrisa, haciendo una reverencia, y luego, sin más, se dejó caer hacia delante, dio una peligrosa voltereta, volvió a ponerse en pie derecho como una vela y empezó a hablar. Habló del estado de su querida ciudad de Viena, de esa enorme guardería donde a ese chico, Schuschnigg, y a sus compañeros de juego les encantaría corretear y brincar alegremente, aunque hacía tiempo que no podían hacerlo; de los pequeños nazis que tanto disfrutaban peleándose con los pequeños socialistas en los cajones de arena, y de los pequeños católicos que se quedaban a un lado sin decir ni pío, se cagaban en los pañales y luego se lo confesaban todo a las maestras de la gran Alemania. Hablaba rápido, en un vertiginoso *staccato* y aparentemente sin tomar aire, aunque sin perder jamás la sonrisa. De repente sacudió todo el cuerpo y cayó de rodillas. Con parsimonia teatral, juntó las palmas de las manos, miró hacia el foco y se puso a rezar:

Padre nuestro, hazme mudo,
y así a Dachau no me mudo.
Padre nuestro, hazme sordo,
para que imagine un futuro hermoso.
Padre nuestro, hazme invidente,
para que todo me parezca excelente.
Y si mudo, sordo y ciego llego a ser,
en el hijo predilecto de Adolf me convertiré...

Los hombres rieron, algunos aplaudieron, uno le hizo una señal a la camarera, otro le gritó por detrás algunas impertinencias bienintencionadas. Franz también rió, aunque en su fuero interno no estaba seguro de haberlo entendido todo bien. Pero era muy gracioso ver cómo ese hombrecillo se arrodillaba sobre los tablones y miraba al techo rebosante de humildad. Igual que las viejas plañideras con sus pañuelos negros, sus rosarios y sus libros de oración ante el altar de la capilla de Nußdorf, pensó, y se metió tres cacahuetes en la boca. En el escenario, el espectáculo continuaba.

El hombre se catapultó de nuevo hasta quedar de pie. Se puso de espaldas y se retocó la cara con movimientos rápidos. Cuando se volvió, un murmullo se extendió entre el público: bajo el haz polvoriento y brillante del foco se encontraba Adolf Hitler. Pasarse las manos por el pelo varias veces, un poco de carboncillo en los ojos y un rectángulo negro pegado al labio superior bastaron para convertir a un hombre de esmoquin en el canciller alemán. Los ojos de Hitler brillaban como esos moluscos oscuros que Franz solía arrancar de los juncos para luego abrirlos de un golpe y dárselos a los gatos o restregárselos en el pelo a las chicas. El canciller juntó los talones sonoramente, estiró el brazo para realizar el saludo y adelantó la barbilla. Franz se acordó del profesor, cuyo mentón parecía sobresalir siempre un poco respecto al resto del cuerpo. Era curioso, pensó, pero tal vez había encontrado una pequeña cosa en común entre esos dos hombres, por lo demás tan distintos. Hitler pidió silencio al público con un gesto imperioso y empezó a pronunciar un discurso. Trataba de la necedad de Oriente y la valiente resistencia que oponía la raza aria, de liberar a Austria de la maldad de los Balcanes, de salvar a Europa de la voracidad del bolchevismo, de proteger al mundo de la insaciable avaricia del judaísmo internacional, etcétera. Sus palabras eran apasionadas y, hasta cierto punto, sonaban sensatas. Sin embargo, al cabo de un rato empezó a hablar cada vez con más furia, y pronto su discurso, que al principio era comprensible, se convirtió en un bramido inarticulado y entrecortado. El canciller del Reich vociferaba y se desgañitaba rabioso, escupiendo gotitas de saliva. Hundió la cabeza entre los hombros, apretó las mandíbulas y enseñó los dientes mientras se retorcía, inclinaba el torso y se ponía de rodillas. Se encorvó y cerró los puños con fuerza. Del labio inferior le colgaba un hilo de saliva brillante que goteaba sobre los tablones del escenario. Se dejó caer hacia delante, golpeó con las rodillas y los puños el suelo y se quedó mirando al público, emitiendo un leve gruñido. Hundió las nalgas, tomó aire con un sonido gutural y tensó los músculos como si fuera a saltar. De repente apareció la chica de la cicatriz.

—¡Siéntate! —le ordenó con voz tranquila, y él obedeció.

Con un gemido, apoyó la cabeza entre las patas delanteras y alzó la vista hacia ella. La chica levantó la mano y por un momento pareció que iba a pegarle, a darle una bofetada con la mano abierta en su bobalicona cara de perro. Pero entonces ella sonrió.

—¡Bravo, *Adi*, mi querido perro! —dijo, y le rascó afectuosamente detrás de la oreja.

La chica sacó una cuerda del bolsillo, la colocó alrededor del cuello del animal y, con él a los pies y jaleada por el público, caminó en dirección a la salida. Poco antes de llegar a la puerta *Adi* se levantó de un brinco, se arrancó el bigotito del labio y le dio a la camarera un sonoro beso en la mejilla. Ambos saludaron con una reverencia y el presentador anunció el siguiente número:

—Señoras y señores, o mejor, señores sin señoras, me complace presentarles una sensación mundial de primer nivel. Tras los desiertos ardientes, llenos de espejismos, del Nuevo Mundo, en medio de infinitas llanuras, en un lugar donde aúllan los coyotes, las águilas trazan sus majestuosos círculos en el cielo y cada tarde el polvo de las enormes manadas de bisontes oscurece el rojo del sol poniente; en un lugar tan remoto como sólo pueden estarlo el infierno o el paraíso, donde los salmones saltan directamente a las ávidas bocas de los osos y bajo la piedra caliente la serpiente traicionera hace sonar el cascabel de su cola, en un lugar así la encontramos. Desnuda e indefensa entre la hierba alta y a merced de las poderosas fuerzas de la naturaleza, una niña solitaria, un corazón tembloroso protegido en el cuerpo floreciente de una chica, la última superviviente de un mundo extinto más allá de nuestra civilización, un mundo perdido donde la humanidad aún vivía en la eterna libertad de la naturaleza, entregada a su presente, sin tabús, sin culpa ni vergüenza. Estimados señores, por favor, recíbanla conmigo, esta noche, aquí y ahora: ¡N'Tschina, la tímida belleza procedente de tierras indias!

Los hombres se removieron en las sillas, bebieron el último trago y se relamieron la espuma de cerveza de los labios. Entretanto, la chica de la cicatriz había empujado hasta el escenario una mesita con ruedas sobre la cual descansaba un enorme gramófono. El presentador colocó un disco y con un movimiento delicado bajó el brazo de la aguja. Del fondo del pabellón salió un sonido misterioso y luego empezó la música. Franz contuvo la respiración. De la boca se le cayó un cacahuete, que fue a parar al cuenco. Nunca había oído nada parecido. Era como si el gramófono sólo pudiera reproducir las notas tras un esfuerzo doloroso. El ritmo, lento, avanzaba pesadamente; la melodía, melancólica, y de vez en cuando acentuada por una nota aguda y solitaria. Luego llegó la voz. Era imposible saber si pertenecía a un hombre o a una mujer. Era profunda, áspera y frágil. Un murmullo, un lamento y un sollozo que hablaban de un mundo lejano y que, por una extraña casualidad, había acabado en esa gruta llena de humo del Prater. Por un instante, Franz tuvo la sensación de que en lo más profundo de su interior se abría un espacio infinito que no albergaba más que tristeza. Qué raro, pensó, y cerró los ojos, pero por algún motivo ese abismo de tristeza ni siquiera parecía tan malo. Tal vez, se dijo, uno podía dejarse llevar sin más y hundirse en sí mismo cada vez más hondo y no regresar jamás a la superficie. En ese momento, la aguja saltó sobre el disco y lo arañó con un chirrido, la voz tropezó y Franz abrió de nuevo los ojos. Justo delante de él, bajo el haz del foco, estaba la india, inmóvil y de espaldas al público. Tenía el cabello negro como el azabache, y los largos mechones lisos le caían sobre los hombros y la espalda. Llevaba una pluma sujeta en una cinta de piel sobre la frente. Tenía los brazos desnudos y en jarras, las manos descansaban sobre la cinturilla de una falda corta de flecos, bordada con motivos coloridos. Iba descalza y se había envuelto los tobillos con cintas estrechas de piel en las que brillaban diminutas cuentas de cristal. Las piernas le brillaban a la luz del foco. Eran unas piernas firmes, tersas, rosadas y bien torneadas. Pero Franz la reconoció principalmente por las corvas. Allí había hundido el rostro no hacía mucho, las había recorrido con la punta de la lengua milímetro a milímetro para luego aventurarse por territorios situados en cotas más altas. Unas corvas más suaves que cualquier otra cosa que Franz hubiera conocido hasta entonces. Más suaves que el lago en un día tranquilo de finales de verano, más que el musgo del bosquecillo que había en la orilla sur de Nußdorf, más incluso que la mano de su madre, que en el pasado tan a menudo se posaba en sus mejillas para consolarlo, para recompensarlo o simplemente porque sí, un roce breve, casual, al pasar.

La voz del gramófono emitió un sollozo ronco y justo entonces Anezka empezó a moverse. Al principio fue sólo el movimiento rítmico de un pie, luego empezó a sacudir las piernas y, acto seguido, a balancear el trasero suavemente arriba y abajo. Levantó los brazos y los hizo ondear despacio por encima de la cabeza. Los sonidos de tambor que salían del gramófono parecían darle directamente en el cuerpo; cada toque, un nuevo impacto. De repente se dio la vuelta. Tenía el rostro pintado con rayas amarillas y rojas, y la mirada, fija en el fondo de la sala, perdida en algún punto por encima de las cabezas de aquellos hombres. El pelo le tapaba los pechos por completo. Echó la cabeza hacia atrás, se rió con la cara levantada hacia el foco y abrió los brazos como si quisiera abrazar la luz. Luego empezó a golpear el suelo con los pies desnudos al ritmo perezoso de la música. Las cuentas de cristal de los pies tintineaban y la pluma de la cabeza se agitaba al compás. Franz vio cómo le asomaba una sola gota de sudor en el nacimiento del cabello, le resbalaba por la frente y se quedaba retenida en una de las cejas, pintada de negro azabache. Los espectadores estaban cada vez más inquietos; un hombre empezó a palmearse con ambas manos los muslos, y desde un rincón en penumbra se oyó una tos ronca. Anezka pateaba los tablones y levantaba nubecillas de polvo que se arremolinaban, y al cabo de un segundo su cuerpo se había calmado y se mecía con un suave balanceo de un lado a otro. De repente, se sujetó el pelo con ambas manos, lo dividió por la mitad y lo dejó caer por detrás de los hombros. Fue un movimiento sencillo, tan natural como descorrer una cortina, pero su efecto fue colosal. Algunos hombres esbozaron una sonrisa bobalicona. Otros se quedaron helados. Uno soltó una risita aguda. Otro se dejó caer hacia el respaldo, como si se hubiera liberado de un carga pesada. Franz se quedó mirando los pechos de Anezka. No hacía mucho había apoyado la cara entre ellos, había inspirado feliz en esa hondonada de suavidad infinita y, de un modo extraño, se había sentido como en casa. Ahora sus senos estaban a la vista de todo el mundo. Un bien común. Una atracción. Pero lo peor era que ella parecía disfrutar. Se desperezó bajo la luz y balanceó los pechos como si fuera lo más natural y agradable.Y tal vez lo fuera. Con una risa coqueta, volvió a echar la cabeza atrás, dio media vuelta, se cogió la falda de flecos y poco a poco la levantó. Fue como si saliera la luna, recibida entre murmullos o contemplada en silencio por las figuras embobadas que se sentaban a las mesas, en la seguridad de sus rincones oscuros. Franz notó que el corazón se le encogía. Cogió la jarra fría de cerveza y se la apretó contra la sien, volvió a depositarla en la mesa, dejó un billete y se marchó de aquella gruta sin volver a mirar el escenario.

Fuera le sorprendió el calor que hacía; pronto llegaría la primavera. En el patio olía a paredes húmedas y a deshechos. Franz se sentó en uno de los cubos de basura y alzó la vista hacia la sucia bombilla. Una pequeña mariposa nocturna revoloteaba como loca a su alrededor. A veces rozaba con las alas el portalámparas o el cable y generaba un sonido peculiar, parecido al del papel. Entonces Franz tocó el cristal caliente y por un momento pareció que las alas de la mariposa ardieran. Se precipitó a tierra como una pequeña sombra caída del cielo.

La gruta fue vaciándose poco a poco. Uno tras otro, los hombres salieron y, tambaleándose, se alejaron por el estrecho callejón de la tapia de madera, persiguiendo sus fantasías nubladas por el alcohol. Nadie pareció fijarse en Franz, tampoco el lagarto ni la chica de la cicatriz, que abandonaron el local poco después, uno detrás del otro. Los últimos en hacerlo fueron Anezka y el presentador, que cerró con llave. Luego le puso una mano en la mejilla, por un momento le acarició con el pulgar bajo el ojo y le dijo algo. Ella soltó una risita apenas audible y se encendió un cigarrillo. Entonces,

Franz se levantó del cubo de un salto. Rápido como un rayo, el hombre se agachó, tanteó bajo la pernera del pantalón y sacó una navaja fina de una funda de piel que llevaba sujeta a la pantorrilla.

—Quieto ahí —dijo con calma—. ¡O te rajo desde el cinturón hasta la barbilla, de abajo arriba y de arriba abajo!

La hoja centelleó con un brillo apagado bajo la luz de la bombilla. Durante un rato, se impuso el silencio en el patio. Sólo se oía un leve crujido en uno de los cubos de basura.

—Guarda eso, Heinzi —ordenó Anezka—, lo conozco.

El presentador dudó un momento, pero luego volvió a guardarse la navaja bajo la pernera.

—No pasa nada, Heinzi, tengo que hablar con él —añadió Anezka.

Pareció valorarlo por un instante. Al fin dio un paso hacia Franz y lo miró directamente a los ojos. En el lóbulo de la oreja izquierda le brillaba una piedra pulida que parecía iluminada desde dentro por una diminuta llama azul. Su loción para el afeitado olía a lavanda.

—Tú, a ti no te conozco —masculló en voz baja—. Y más te vale que nunca nos conozcamos. ¿Me has entendido?

Franz asintió.

—Muy bien —dijo Heinzi, y lanzó a Anezka una mirada rápida y se alejó por el callejón.

Anezka abrió la boca y dejó escapar lentamente el humo del cigarrillo. Durante unos segundos su rostro desapareció tras un velo azulado.

—¿Qué haces aquí, muchachito?

Franz se encogió de hombros.

—He visto el espectáculo.

—¿Ha estado bien?

—No está mal. ¿La pluma es de verdad?

—Igual que el pelo.

—¿Y él?

—¿Qué pasa con él?

—¿Quién es?

—Monsieur de Caballé.

—¡Pensaba que se llamaba Heinzi!

—Sobre el escenario se llama Monsieur de Caballé. Fuera se llama Heinzi. ¡Así es el negocio del espectáculo, muchachito!

—Ya. ¿Y qué hace exactamente?

—Ya lo has visto. Conduce el espectáculo.

—¿Espectáculo?

—Espectáculo, diversión y cabaret.

—¿Y qué más?

—¿Cómo que qué más?

—¿Qué hace después de la representación? ¿Más espectáculo, diversión y cabaret contigo, quizá?

Anezka se encogió de hombros, se pasó la lengua
por el interior de la boca durante un momento y luego
escupió al suelo una brizna de tabaco de color marrón
claro.

—Es un colega, ¿entiendes?

—¡Claro que lo entiendo! —exclamó Franz—. ¡De
hecho, lo entiendo muy bien! Os he visto salir revoloteando de vuestro escondite como dos tortolitos.

—¿Revoloteando?

—¡Revoloteando! Y una cosa está clara: bajo los
pantalones, el señor de Caballé no sólo tiene una navaja, ¿verdad?

—¡Algunos tienen algo en los pantalones, otros no!
—¿Qué se supone que significa eso?
—Quien hace preguntas tontas recibe respuestas tontas, muchachito.
—¡Y no me llamo muchachito, me llamo Franz! —gritó, y le pegó una patada a un cubo de basura con tanta rabia que se volcó con estrépito, traqueteó por el patio dibujando una amplia curva y se detuvo a escasos centímetros de la pared de enfrente.
—¡Piérdete, Heinzi! —dijo Anezka, imperturbable y posando la mirada en la boca del callejón, donde por un instante apareció la sombra del presentador y enseguida volvió a retirarse lentamente.
Franz se quedó mirando el hediondo rastro de desperdicios que había dejado el cubo.
—¿Le perteneces? —preguntó en tono sombrío.
—Yo no le pertenezco a nadie. ¡Ni siquiera a mí misma!
Franz bajó la mirada hacia sus zapatos. La piel estaba gastada y agrietada, y las costuras de las punteras empezaban a ceder. De pronto notó cómo, en algún lugar dentro de él, crecía un pequeño arrebato de maldad que lo apremiaba con todas sus fuerzas por encima de la desesperación.
—Te doy cinco chelines si me enseñas otra vez el culo —dijo—. ¡Seguro que a la luz de la bombilla tampoco está nada mal! —Apenas había acabado de pronunciar la frase y ya se sentía como un idiota. Un pueblerino tonto, un aprendiz ridículo de estanquero al que se le empezaban a saltar las costuras—. Perdona —dijo en voz baja.
—No pasa nada, muchachito. —Anezka sujetó el cigarrillo a contraluz y observó el humo, que ascendía

en vertical como un hilo trémulo y formaba volutas en lo alto del canalón.

—No me llamo muchachito —masculló Franz con tono inexpresivo.

Ella tiró el cigarrillo y se acercó mucho a él. El aliento le olía a menta y tabaco. Del cuello del abrigo le colgaba un pelo largo y negro. Se puso de puntillas y lo besó en la frente. Luego se dio la vuelta y se fue. Franz se quedó oyendo cómo sus pasos se alejaban por el callejón y poco a poco iban apagándose, apagándose. La mariposa muerta descansaba en el suelo, justo debajo de la bombilla. Franz se agachó, la levantó con dos dedos y la envolvió con cuidado en un pañuelo.

(Postal de una rosaleda magnífica y florida y tres palomas blancas como la nieve en el Stadtpark)

Querida mamá:

Ayer, por ciertos motivos, no pude más y fui a la Westbahnhof a comprar un billete a Timelkam, sólo de ida. La mujer de la taquilla únicamente me dijo «dos chelines, por favor» mientras se pintaba las uñas. Entonces pasó algo extraño: la actitud de esa mujer provocó que mi obstinación aumentara. Le dije que se metiera el billete donde le cupiera y me fui. Porque una indiferencia así no debería instalarse en todas partes. Además, ¿qué pasaría con el estanco? ¿Y con Otto Trsnjek? ¿Y con el profesor? Uno ya tiene sus responsabilidades, ¿no?

Tu Franz

103

(Postal que muestra a una familia de patos en primer plano y, de fondo, el Schafberg teñido de rosa por el sol matutino)

Querido Franzl:
   Creo que sé muy bien cuáles son tus «ciertos motivos». Pero déjame que te diga algo: los motivos de hoy mañana serán los motivos de ayer, y como mucho pasado mañana estarán más que olvidados. Probablemente me habría dado un infarto de la alegría si te hubieras presentado de repente ante la ventana de la cocina. Pero estoy orgullosa de ti porque no te has marchado. ¡Sí, uno tiene sus responsabilidades! Sobre todo para con su propia conciencia. Y de todos modos pronto volverás a casa. Deseando abrazarte y estrecharte con todas sus fuerzas, se despide,

Tu mamá

—Soy un cero a la izquierda. Un desperdicio sin valor. Un felpudo para que la humanidad se limpie los pies. Un cubo de basura rebosante de ideas horrendas, sentimientos horrendos y sueños horrendos. Es así. Además, soy desagradable. Fea. Poco apetecible. Y gorda. ¡Dios mío, estoy gorda! Soy un hipopótamo orondo y grasiento. Una morsa torpe que pesa toneladas. Una elefanta que come de forma compulsiva. Lo único que quedará de mí cuando me muera es una mancha de grasa del tamaño de un estanque. Ay, señor profesor, ojalá estuviera muerta. Ojalá todo esto se acabara de una vez, terminara, lo superara.
   La señora Buccleton empezó a sollozar de nuevo. Le temblaba la barbilla, las mejillas se estremecían y

todo su cuerpo empezó a agitarse. Era cierto que tenía un gran sobrepeso, y tampoco era una belleza. Lo único destacable en ella, además de la corpulencia, eran sus ojos infantiles de color azul claro, por lo general abiertos como platos, y que siempre parecían dispuestos a llenarse de lágrimas a la mínima ocasión. La histeria de la señora Buccleton realmente era un caso de manual. Ella era americana, muy rica, tenía cuarenta y cinco años y provenía de una ciudad soleada pero yerma del Medio Oeste. Malcriada por un padre que murió joven, repudiada por su madre, engañada y abandonada por sus dos maridos, había intentado enterrar las penas de toda una vida bajo montañas de cerdo en gelatina, pasteles y tarta de cereza. Desde que había entrado en la consulta unos meses antes por primera vez, sus progresos habían sido moderados. Siempre se presentaba como una dama de mundo virtuosa, pero en cuanto se quitaba la chaqueta de loden —hecha a medida por un modista especializado en tallas grandes, cuya reputación se extendía más allá de los límites de la ciudad—, y se desplomaba en el diván con la respiración un poco sibilante a causa del esfuerzo, se convertía en una niña pequeña desamparada y llorona que, además, manchaba la costosa funda del diván con sus lágrimas y el maquillaje. Curiosamente, al profesor Freud le caía bien. Por algún motivo, intuía que tras esa actitud enervante y la gruesa capa de grasa había una mente despierta y un corazón sincero. Además, pagaba puntualmente y en dólares.

—Siga contándome —le pidió él, sentado como siempre junto al cabecero del diván, observando la leve oscilación de la puntera de su propio zapato.

—¡Y cada día estoy más gorda! —continuó la señora Buccleton—. Este mes también he ganado unos kilos. Ya no me entra la ropa. Mejor dicho: yo no entro en ella. Pero me da vergüenza ir al modisto. De hecho, me da vergüenza ir a cualquier sitio. Me da vergüenza mi reflejo en el espejo. ¡Y sobre todo me da vergüenza estar aquí, en el diván, ante usted, señor profesor!

Freud se reclinó un poco más hacia atrás. El único y verdadero motivo por el que se había retirado al cabecero del diván durante la infinidad de sesiones de terapia de las últimas décadas era que no soportaba que sus pacientes lo miraran fijamente durante una hora, ni tener que contemplar sus rostros ávidos de ayuda, enfadados o desesperados, o desencajados por algún otro sentimiento. En los últimos tiempos, a menudo se sentía abrumado por las agotadoras sesiones y observaba desconcertado el sufrimiento de sus pacientes, que en cada individuo parecía abarcar el mundo entero. ¿Cómo se le había ocurrido la absurda idea de pretender entender ese sufrimiento o incluso aliviarlo? ¿Qué diablos lo había llevado a dedicar gran parte de su vida a la enfermedad, la aflicción y la miseria? Podría haber continuado como fisiólogo y dedicarse tranquilamente a cortar con el escalpelo cerebros de insectos en capas finísimas. O dedicarse a escribir novelas, emocionantes historias de aventuras ambientadas en países lejanos y épocas remotas. En cambio, ahí estaba, sentado, observando desde su posición atrasada y encubierta la cabeza redonda de la señora Buccleton. El cabello teñido de rubio se veía gris en las raíces y las fosas nasales le temblaban cuando sorbía los mocos con discreción. Desde su posición, la nariz de la señora Buccleton parecía un animalito regordete que, atrapado en una selva desconocida y amenazante, temblaba de miedo. Había algo que conmovía a Freud, y esa emoción, al mismo tiempo, lo molestaba. Siempre eran esas aparentes nimiedades las que le hacían olvidar la distancia que tanto le costaba tomar respecto a sus pacientes. El pañuelo arrugado en la mano de un director general, la peluca descolocada de una vieja profesora, el cordón desatado de un zapato, una ligera deglución, unas palabras sueltas o incluso ahora la nariz temblorosa de la señora Buccleton.

—Así que le da vergüenza —dijo—. ¿Y de qué se avergüenza?

—De todo. De mis piernas. De mi cuello. De las manchas de sudor en las axilas. De mi cara. De mi conducta en general. Incluso en casa, acostada bajo la manta, me doy vergüenza. Me da vergüenza todo lo que hago, tengo y soy.

—Ya —dijo Freud—. ¿Y qué ocurre con su deseo?

—¿Disculpe?

—¿Qué pasa con el deseo? ¿No siente de vez en cuando también algo parecido al deseo?

La señora Buccleton se quedó pensativa. Fuera, en el patio, alguien abrió una ventana, por un momento se oyeron las voces de dos mujeres y luego retornó el silencio. Freud paseó la mirada por su colección de antigüedades. Había que quitarles el polvo, pensó, y a fondo. El jinete de terracota ya tenía una fina capa en la cabeza, y le pareció ver incluso que de la oreja izquierda del vigilante chino colgaba una telaraña que brillaba suavemente. Tal vez, pensó, algún día su busto estaría en alguna habitación, esperando en silencio a que alguien le quitara el polvo de la calva con un paño húmedo.

—Siento placer al comer —admitió la señora Buccleton—, por ejemplo, cuando como grandes porciones de tarta.

—Ah —dijo Freud, y hundió despacio la barbilla en el pecho.

—¡Ya estamos! —exclamó la señora Buccleton, y levantó los brazos en un gesto triunfal.

—¿Qué?

—¡Usted me desprecia!

—¿De dónde saca eso?

—Su «ah» tenía un deje de desdén. ¡De reprobación y desprecio! Además, ha agachado la cabeza. ¿Cree que no me he fijado? ¡Reconozco el roce de una barba en el cuello de la camisa!

De forma involuntaria, Freud se enderezo en la butaca y levantó la barbilla. Sin embargo, acto seguido lamentó su propia inseguridad, ese sentimiento ridículo de creerse en evidencia, como un colegial que hace muecas a espaldas de su profesora.

—Querida señora Buccleton, déjeme que le diga algo —masculló con toda la amabilidad de que era capaz—: mi «ah» no tenía un deje de reprobación, ni de desprecio ni de nada. Mi «ah» ha sido más bien la expresión sonora de mi atención. Y si de vez en cuando mi cabeza cede a la fuerza de la gravedad, le ruego que la disculpe: ya tiene más de ochenta años, ha trabajado mucho en su vida y descansa sobre una serie de vértebras carcomidas.

—Lo siento, señor profesor —sollozó ella a media voz.

—Volviendo a nuestro tema, querida —continuó Freud con severidad—, la vergüenza y el placer son hermanos, van por la vida de la mano, si uno los deja. Por motivos que aún se ocultan en la oscuridad de su pasado, pero que en breve, y gracias a su valiosa ayuda, pienso sacar a la luz, en su caso sólo prospera uno de los hermanos, mientras que el otro se marchita y a lo sumo reclama lo que le corresponde en alguna pastelería.

—¿Usted cree?

—Sí, eso creo.

—Pero ¿qué puedo hacer para ayudar al pobre infeliz para que haga valer sus derechos? —preguntó la señora Buccleton, esperanzada.

Freud se inclinó hacia delante, se cruzó de brazos y lanzó a su paciente una mirada penetrante.

—¡Deje de comer pasteles!

Tras proferir un grito de dolor salido de lo más profundo de su alma, la señora Buccleton movió su pesado cuerpo de manera que las patas del diván crujieron, el parquet tembló y el ejército de antigüedades empezó a vibrar y saltar en las estanterías, como si cobrara vida después de décadas inmóvil.

Cuando la señora Buccleton se hubo marchado, el profesor se quedó un rato junto a la ventana contemplando el patio. Los últimos días había hecho más calor, la nieve hacía tiempo que se había derretido y pronto los castaños echarían hojas. El día anterior, el canciller Schuschnigg se había dirigido con un gran discurso a su pueblo. Se presentó en su ciudad natal, Innsbruck, con el traje tirolés de rigor, y preguntó a su público si en las elecciones anunciadas para el 13 de marzo querían votar «una Austria libre, alemana, independiente, social, cristiana y unida». Y mientras más de veinte mil seguidores proferían gritos de aprobación al aire de montaña puro del Tirol, Adolf Hitler probablemente estaba en algún lugar de Berlín sentado ante una radio y relamiéndose. Austria estaba delante de sus narices como un escalope humeante en un plato. Era el momento de desarmarla. Después del discurso de Schuschnigg, en Viena se produjeron disturbios violentos entre partidarios y detractores del mismo. Los patriotas recorrieron la ciudad al grito de «¡Heil, Schuschnigg!» y «¡Votaremos sí!». Sin embargo, respaldados por la fuerza de una masa silenciosa, los nacionalsocialistas también habían salido de sus agujeros y corrían por las calles al grito de «¡Heil, Hitler!» y «¡Un pueblo! ¡Un imperio! ¡Un Führer!». El griterío de grupos aislados se había oído en las calles hasta la madrugada, como ladridos de perros furiosos.

Abajo, en el patio, apareció la señora Szubovic, la esposa cotilla del conserje, saludó con un gesto al profesor y se puso a esparcir veneno para palomas en los rincones. Freud hizo como si no hubiera visto nada y acto seguido retrocedió un paso. En el escritorio se le amontonaban cartas sin contestar. Por lo visto, el mundo entero quería algo de él. La gente prestaba mucha atención a sus preocupaciones irrelevantes y aún no había entendido siquiera que la tierra ardía bajo sus pies. Cogió una de esas cartas insignificantes y la abrió: «Estimado señor profesor Sigmund Freud. El año que viene se publicará en nuestra editorial Erdenwerk, de fama y prestigio mundiales, una antología con el título provisional *Los huertos nacionales como lugares de recogimiento interior*. Para la ocasión, nos tomamos la libertad de solicitarle, apreciado señor profesor, un ensayo breve sobre el tema, o por lo menos algunas líneas para el prólogo...» Con un movimiento cansado, arrugó la carta y la lanzó a la papelera. La bola de papel rebotó en el borde de la cesta, rodó sobre el parquet y se detuvo justo delante de sus pies. Por un instante, sintió el impulso de darle una patada con todas sus fuerzas y mandarla volando al otro lado del despacho, pero en ese momento llamaron a la puerta. Era obvio que era su hija Anna. Martha llamaba, Anna daba golpes.

—¿Qué pasa? —gruñó el profesor.

—Ha vuelto.

—¿Quién?

—El chico del estanco.

A Freud se le iluminó la cara. Siempre se había sentido un poco torpe y fuera de lugar con la llamada «gente sencilla», pero con ese tal Franz no le ocurría lo mismo. El chico estaba en plena floración. No como las flores de punto que habían palidecido y se veían desgastadas tras décadas de uso en una de las muchas mantas con las que su esposa adornaba el diván con tanto esmero y en cuyas gruesas fibras de lana parecía acumularse por arte de magia el polvo de toda la ciudad. No, en ese joven palpitaban la frescura y el vigor de la vida, además de cierta ingenuidad. A lo que había que añadir que la colosal diferencia de edad entre ambos establecía automáticamente la distancia que él consideraba agradable, sí, la que en el fondo hacía soportable un contacto más cercano con la mayoría de las personas. Franz era muy joven, mientras que el mundo del profesor amenazaba con envejecer sin remedio. Incluso su hija, que de repente le parecía que hacía sólo dos días estaba sentada en el borde de la bañera lavándose los dientes de leche, tenía ya más de cuarenta años. Por no hablar de los pacientes, o del resto de los familiares y los pocos amigos que aún conservaba. Despacio, con los pasitos cortos de un anciano, uno iba convirtiéndose progresivamente en un fósil hasta que al final, sin llamar mucho la atención, podía pasar a formar parte de su propia colección de antigüedades.

—¿Papá? —Sin volver a llamar, Anna había entrado en la habitación. De nuevo llevaba pantalones. El profesor odiaba los pantalones en las piernas de una mujer, y sobre todo en las piernas de su hija. Sin embargo, en determinadas ocasiones no era aconsejable discutir con ella, así que, por él, podía ponerse sus pantalones. Siempre y cuando no saliera de casa.

—¿Está sentado en el banco otra vez?

Anna asintió.

—Desde hace hora y media.

—¿Ha traído algo?

—No lo sé, pero de todos modos no deberías salir de casa otra vez.

—¿Por qué no?

—¡Lo sabes perfectamente!

Freud se encogió de hombros. Por supuesto que lo sabía. Era viejo. Estaba enfermo. Era judío. Y en la calle había mucha gentuza. Pero no estaba dispuesto a rendirse ante unos acontecimientos que aún no habían empezado. Y menos ante su propia hija.

—¡No, no lo sé! —respondió él con terquedad—. ¡Y ahora tráeme mi abrigo y mi sombrero!

Anna sonrió. Dio un paso hacia su padre y le agarró la barbilla. Él abrió la boca, y ella metió con cuidado el pulgar entre las mandíbulas. Con la yema presionó un poco la parte posterior de la prótesis. Se oyó un crujido y él torció el gesto en una mueca de dolor.

—Perfecto —dijo Anna tras un breve vistazo a la cavidad bucal de su padre. Retiró el pulgar y se lo limpió con un pañuelo. Luego se puso de puntillas y le dio un beso rápido en ambas mejillas.

—De acuerdo —murmuró él; retrocedió un paso y se frotó la barba. Con los años había aprendido a lidiar con el dolor, tal vez algún día lo conseguiría también con las muestras de cariño.

—¡Ten cuidado! —dijo Anna. Luego se agachó, recogió la carta arrugada que trataba sobre los huertos y, con un tiro certero, la envió a la papelera.

Justo cuando Franz estaba preparándose para una larga espera y, contra todas las normas tradicionales del decoro vienés, levantaba las piernas para tumbarse en el banco, se abrió la puerta y el profesor salió a la calle. Como la primera vez, la cruzó con paso vacilante, aunque en cierto modo también enérgico, y caminó directo hacia el banco.

—¿Alguna vez se te ha ocurrido llamar al timbre? —preguntó—. Sería más fácil.

—Sí se me había ocurrido, pero no me atrevía a molestarlo —contestó Franz, que se había levantado de un respingo y se acercaba presuroso a Freud.

—A veces hay que molestar a las personas si uno quiere hablar con ellas —repuso Freud, y le dio un paquetito envuelto delicadamente en papel de seda—. Aquí tienes tu bufanda: está lavada y planchada y huele a rosas. Las señoras han dado lo mejor de sí mismas.

—Muchísimas gracias, y transmita mis saludos más afectuosos a las señoras de la primera planta, señor profesor. Pero ¿no quiere sentarse? —ofreció Franz, al tiempo que lo invitaba a hacerlo con un gesto.

—No, gracias —dijo Freud, y lanzó una mirada de soslayo a la ventana del salón de la primera planta, donde se reflejaba el cielo despejado de primavera—. ¡Hoy vamos de paseo!

Subieron por Berggasse, doblaron a la izquierda en Währingerstraße, rodearon la iglesia votiva y continuaron en dirección al ayuntamiento. El ambiente era agradable, hacía semanas que no nevaba y en el parque de la iglesia ya florecían las lilas, aunque era demasiado pronto. Se había levantado una suave brisa que hizo volar por las calles montones de octavillas que llamaban a las elecciones del domingo. En ellas se leía «Sí a Austria» y «Rojo, blanco y rojo hasta la muerte». Franz se había guardado el paquetito con la bufanda bajo la camisa, donde lo oía crujir levemente y le abrigaba la barriga. Así que las señoras habían dado lo mejor de sí mismas, pensó, e intentó disimular el orgullo que le precedía como una linterna. No dejaba de mirar de reojo al profesor, que caminaba a su lado con pasos cortos. Su bastón golpeaba el pavimento a ritmo regular, como si tuviera que tantear el terreno antes de avanzar. Su respiración era poco profunda e irregular y espiraba con un sonido sibilante. Por una parte, a Franz le dieron ganas de reír entre dientes. Por otra, de estallar en una sonora carcajada. A decir verdad, Franz siempre se había sentido un poco torpe y desubicado cuando estaba en compañía de personas a las que se consideraba inteligentes. Sin embargo, con el profesor era distinto. Ese señor mayor no sólo era inteligente. Allí, en el lago, se consideraba leído a cualquiera que fuera capaz de descifrar los titulares de la gacetita municipal o el horario de la estación de Timelkam. Y también los numerosos médicos y catedráticos de Viena, Múnich o Salzburgo, que en verano acudían en masa y se tumbaban en la orilla hasta que se achicharraban las blancas barrigas de pez, que se tornaban entonces rosadas; personas que, sin embargo, después de unas cuantas jarras de cerveza en el Leopoldo de Oro, demostraban ser al fin y al cabo bastante simples, por no decir almas insustanciales y locas, que fabulaban consigo mismas. El profesor, en cambio, era tan inteligente que podía escribir él mismo los libros que quería leer. Exacto, eso es, pensó Franz, y sonrió para sus adentros mientras caminaban a la sombra del alargado edificio de la universidad. Pero había algo más, un pensamiento aislado que surgió de repente, como cuando te dan un pequeño susto, y se extendió con rapidez por lo más profundo de su ser y se transformó en una sensación menos fugaz, persistente. Una sensación que reclamaba un lugar en su interior y —eso estaba claro— no iba a poder ahuyentar con tanta facilidad: el profesor le daba lástima. Había muchas cosas en él que lo conmovían de algún modo. La mandíbula torcida, por ejemplo. O la espalda permanente y ligeramente encorvada. Los hombros estrechos y angulosos. Los dedos viejos, delgados y salpicados de manchas con que aferraba el puño del bastón. La verdad, es una pena envejecer, pensó Franz, melancólico y al mismo tiempo un poco enfadado. ¿De qué servía la inteligencia si el tiempo se te escapaba inexorablemente?

Delante del ayuntamiento se habían reunido niños y jóvenes que formaban pequeños grupos. Haraganeaban por las esquinas; cogidos de los brazos, bloqueaban el paso en las aceras, o cruzaban la plaza corriendo, entre risas y gritos, agitando gorros y banderitas con la cruz gamada. Algunos policías apostados aquí y allá observaban sus movimientos con las manos a la espalda. Un colegial de pantalones cortos gritó «Sieg Heil!» y se dejó caer de espaldas en la hierba con los brazos y las piernas estirados. Se oía el tráfico propio de un viernes por la tarde en Ringstraße. Los motores rugían, los cascos de los caballos resonaban en el pavimento, los cocheros chasqueaban la lengua y hacían restallar los látigos en el aire. Las aceras estaban abarrotadas de gente charlando en un parloteo confuso. Hacía calor, brillaba el sol y soplaba una brisa agradable. La gente se preparaba para el fin de semana, para el siguiente paso, para el futuro; estaban ocurriendo cosas en la ciudad, en el país y en el mundo. Un camión diésel con un grupo de obreros en la caja pasó despacio, traqueteando. Los hombres agitaban las gorras y coreaban consignas contra Hitler y a favor de la clase obrera austríaca. Uno de ellos cayó del vehículo en marcha al intentar atrapar la gorra de visera que había lanzado al aire y se había llevado el viento. Aterrizó con torpeza, cayó y acabó en el suelo de costado. Enseguida lo rodeó una pequeña multitud. El camión siguió su camino.

Franz y el profesor dejaron el Burgtheater a la izquierda y entraron en el Volksgarten. Allí también florecían las lilas por todas partes. Los setos altos y los árboles amortiguaban el ruido de la calle, y de la tierra cubierta por un espeso manto de hierba subía una humedad fresca. Franz nunca había estado allí. Le habría gustado dar un paseo y echar un vistazo, y aún más sentarse con el profesor bajo uno de los arbustos para hablar largo y tendido y sin interrupciones en la verde penumbra que creaban las hojas. Pero Freud se dirigió con decisión al otro lado del parque, donde encontraron un banco vacío bajo un viejo castaño, en un rincón bordeado de setos, y se sentaron. Franz tanteó con cuidado el bolsillo de la pechera y sacó un maravilloso Hoyo de

Monterrey. Freud aceptó el puro, lo sujetó delante de los ojos y contempló su silueta un rato antes de colocárselo en la boca y encenderlo. Durante el paseo no habían pronunciado una palabra, y continuaban callados, pero ahora sentados uno al lado del otro. El profesor fumaba lanzando nubecillas de humo al aire y hacía crujir la mandíbula. A lo lejos, alguien gritó «Heil, Hitler!». Se oyó un grito de júbilo. Una sonora carcajada. Luego de nuevo los sonidos amortiguados del tráfico.

El profesor se reclinó en el banco reprimiendo un gemido, parpadeó un momento hacia la maraña de hojas que atravesaba la luz del sol y al fin dijo:

—¡Nuestros encuentros te están costando un ojo de la cara!

—¿Cómo dice, señor profesor?

—Un puro de esta calidad no es precisamente barato.

—Es que lo cultivan hombres valientes en las fértiles orillas de San Juan y Martínez y con delicadeza los enrollan a mano mujeres bellas —recitó Franz, y asintió muy serio.

—Lo que no entiendo del todo en este contexto es por qué justamente la valentía supone una cualidad tan destacada entre los cultivadores de tabaco cubanos —repuso Freud—. Pero eso es sólo un detalle sin importancia. Si hablamos de las mujeres bellas, espero que tus esfuerzos con el sexo femenino hayan dado su fruto. Por muy extravagante que sea ese fruto.

—Justo de eso quería hablar con usted —dijo Franz con amargura—. Resulta que mis esfuerzos no han obtenido ningún fruto, nada de nada. Aunque, por otra parte, tampoco estoy tan seguro de eso. En realidad, no lo sé. En el fondo, ¡no sé nada de nada!

—Bueno, ese conocimiento es el primer paso de la empinada escalera hacia la sabiduría —respondió Freud—. Pero primero vamos a intentar arrojar un poco de luz en la oscuridad: ¿la has buscado?

—Sí, señor profesor.

—¿La has encontrado?

—Sí, señor profesor.

—¿Le has preguntado cómo se llama?

—Sí, señor profesor.

—¿Tengo que sacarte yo cada palabra de la corteza cerebral?

—No, señor profesor. ¡Se llama Anezka!

—¿De Bohemia?

—Sí. De Dobrovice, un pueblo precioso acurrucado sobre la colina de Viničný como si ésta fuera un amante oscuro, en la región de Mladá Boleslav.

—¿Una colina que es como un amante oscuro?

Franz asintió con tristeza. Freud sacó un fósforo de la caja, lo encendió y lo sujetó con cuidado junto al ascua, que amenazaba con arder de forma un tanto irregular.

—La gastronomía bohemia es fantástica —dijo, y contempló ensimismado el Hoyo, que volvía a consumirse de forma regular.

—Sí, maravillosa —murmuró Franz.

Enfrente, al otro lado de un rosal sin hojas aún a causa del invierno, paseaban dos damas venidas a menos que lanzaron miradas afiladas a esos hombres que con tanta naturalidad habían ocupado el banco que, por costumbre, les pertenecía a ellas. En dirección contraria se acercaba un vigilante del parque con paso tranquilo. Saludó llevándose la mano brevemente a la visera de la gorra y se puso a hurgar con un palo delgado en la papelera que había junto al banco.

Dijo que los señores debían disculparle, pero que era por las bombas. Y, por supuesto, añadió, por todos los otros objetos prohibidos por la administración municipal.

Freud quiso saber de qué objetos se trataba exactamente.

El vigilante se encogió de hombros. No se podía saber, dijo, como mucho uno lo averiguaba cuando se encontraba con uno de ellos.

Freud preguntó por qué creían que iban a encontrar en las papeleras del parque objetos sospechosos y bombas.

¿Por qué no?, repuso el vigilante, ¿por qué no precisamente en las papeleras del parque? Al fin y al cabo, quién sabía lo que se les pasaba por la cabeza a los que ponían bombas. Pero ahora debían disculparle, el parque no era pequeño y en Viena había tantas papeleras como arena en la playa.

—Bien —dijo Freud cuando el vigilante desapareció tras los arbustos—. ¿Y qué pasó exactamente entre esa tal Anezka y tú?

—La he tocado —contestó Franz—. ¡Y fue lo más bonito que he experimentado en la vida!

—Me alegro. Espero que ella también te tocara a ti.

—¡Por supuesto! ¡Y de qué manera! ¡Por todas partes! Y siento que allí donde tocó sigue ardiendo. ¡Me arde todo el cuerpo como paja!

Pensativo, Freud le dio un toquecito al puro con el dedo corazón.

—El amor es un incendio que se propaga rápido, que nadie quiere ni puede apagar —explicó mientras contemplaba cómo caía la ceniza sobre la grava.

—¡Yo sí! —exclamó Franz, y se levantó de golpe—. ¡Yo puedo y quiero apagarlo! No quiero terminar como un montón de ceniza en la trastienda de un estanco.

—¡Vuelve a sentarte y deja de pegar gritos a los cuatro vientos! —le ordenó Freud con repentina brusquedad. El joven obedeció—. Y ahora, explícamelo bien y tranquilamente: entonces has vuelto a verla. Sabes cómo se llama. Sabes de dónde es. Os habéis tocado. ¿Qué más?

—Luego desapareció.

—¿Otra vez?

—Sí, así es, ¡se fue sin más! Ni siquiera las mujeres de la casa amarilla pudieron decirme dónde está.

—¿Las mujeres de la casa amarilla?

—Todas de Bohemia. Salvo la anciana del cerdo.

El profesor alzó la vista al cielo como si esperara recibir algún consuelo de la luminosa bóveda celeste. Pero no llegó nada. Con gesto cansado, se quitó el sombrero y se lo colocó sobre la rodilla.

—Si el cerdo no tiene una importancia destacable para el transcurso de la historia, me gustaría pedirte que siguieras adelante y llegaras hasta el final, antes de que se acabe el mundo, algo que, como sabemos, podría ocurrir en cualquier momento.

—Perdone, señor profesor—dijo Franz, compungido—. Pues desapareció. Pero al cabo de unas semanas volví a encontrarla. Me senté a esperarla en un montón de escombros junto a la casa amarilla y luego la seguí. Hasta el Prater. Hasta la gruta. La gruta es un cabaret. O un local de baile. O las dos cosas. En todo caso, por fuera es verde y por dentro rojo. Es un sitio lleno de humo, asfixiante, y hay un montón de velas y esas cosas. Pedí algo de beber y primero salió Monsieur de Caballé.

—¿Quién?

—Bueno, en realidad se llama Heinzi. Cuenta chistes e imita a Hitler, pero como si fuera un perro. La camarera le ató una cuerda al cuello y empezó a sonar música.

—¿Qué tipo de música?

—No lo sé. Bastante rítmica y también triste, en cierto modo. El caso es que luego apareció Anezka.

—Por fin.

—Sí. Pero a decir verdad ni siquiera era Anezka, sino una india llamada N'Tschina. Sí que era Anezka, claro, pero vestida de india, con una peluca y plumas y toda la parafernalia. Y bailó, pero no una danza normal. Era un baile bastante... excitante.

—¿Podrías ser un poco más concreto?

—Se quitó la ropa. Enseñó el vientre, los pechos y el trasero bajo la luz de los focos.

—Y supongo que fue lo más bonito que habías visto en la vida, ¿verdad?

—Sí, exacto. Aunque ya lo había visto todo. Lo terrible es que esta vez también había otros hombres, ¡un buen grupo! Me fui y me senté en un cubo de basura delante de la entrada. Más tarde salió ella, pero no estaba sola. Iba acompañada por Monsieur de Caballé.

—¿Heinzi?

—Sí. Sacó una navaja de los pantalones, pero al final se calmó y me dejó en paz. Hablamos, Anezka y yo, y mientras lo hacíamos ella me miraba con frialdad. La odié por eso, aunque al mismo tiempo la compadecía por tener que enseñar el trasero delante de esos hombres. Pero aún me daba más pena yo mismo. Entonces le pegué una patada al cubo de la basura e insulté a Anezka. Ella me dio un beso y se fue, y una mariposa nocturna cayó del cielo y todo, todo, todo terminó.

El profesor cerró los ojos y dio una profunda calada al Hoyo. Con la otra mano se agarró la barbilla y se ajustó la mandíbula inferior moviéndola a un lado y a otro con cautela bajo la presión de los dedos. Luego dejó caer la mano en el regazo y se volvió hacia Franz.

—¿La quieres?

—¿Cómo dice, señor profesor?

—¿Quieres a esa chica bohemia del parque?

—¡Ja! —Franz rió y se dio una fuerte palmada en el muslo. Acto seguido repitió—: ¡Ja! —«¡Pues claro!», quería decir. «¡Es evidente!», le habría gustado gritarle al profesor a la cara con una alegría repentina, creciente, casi alarmante, gritárselo al parque y al mundo entero. Pero ¿qué clase de pregunta era ésa? Mejor dicho, ¿qué clase de pregunta superflua, estúpida, traída por los pelos y en general completamente absurda era ésa? ¡Por supuesto que la quería! ¡Era evidente que la quería! ¡La quería, la quería, la quería! ¡Más que a nada en el mundo! ¡Incluso más que a su propio corazón, su propia sangre y su propia vida! Más o menos eso y mucho más le habría gustado gritarle al profesor. Sin embargo, y curiosamente, no le salió nada. Ni una palabra. Ni una sílaba. En lugar de eso, se quedó callado. Y otra carcajada, que sólo un momento antes le hacía cosquillas en el cuello, se le quedó encallada y fue deshaciéndose poco a poco, como uno de aquellos caramelitos amarillos que la señora Seidlmeier daba a veces a los niños en su diminuto colmado de Nußdorf y que al principio picaban en la boca con una agradable efervescencia, pero luego, enseguida, dejaban los dientes pegajosos y un regusto amargo. Franz agachó la cabeza—. No lo sé —admitió en voz baja—. Antes estaba seguro, pero ahora ya no lo sé.

Freud asintió despacio. Franz observó de nuevo su fragilidad. Una calavera pequeña, angulosa, que sólo de milagro parecía mantenerse en equilibrio sobre el cuello enclenque. Se le había quedado un poco de ceniza en la barba. Franz sintió ganas de inclinarse y quitársela.

—Muy bien —dijo el profesor—. Propongo que lo primero que hagamos sea aclarar la terminología. Supongo que cuando hablamos de tu amor en realidad nos referimos a tu libido.

—¿Mi qué?

—Tu libido. Es la fuerza que impulsa a las personas a partir de cierta edad. Proporciona tantas alegrías como sufrimientos y, para simplificar un poco, diríamos que en los hombres se encuentra en los pantalones.

—¿La suya también?

—Hace tiempo que dejé atrás la libido —repuso el profesor con un suspiro.

De pronto se oyó un ruidito junto al banco. Al cabo de un instante salió volando un pajarito del seto y aterrizó a los pies de los dos hombres, en la grava. Por el tamaño y la forma del cuerpo, parecía un gorrión, pero el plumaje se le veía algo deslucido y tenía unas manchas de color amarillo claro en el costado. Sus ojos eran rojos. El pájaro se quedó un rato inmóvil, luego desplegó las alas, se agazapó y empezó a dar vueltas por la grava, moviendo la cola y sacudiéndose las plumas. Entonces se detuvo en seco, de una forma tan repentina como había empezado a moverse. Se acercó al banco dando dos saltitos y se quedó quieto un momento.

Finalmente echó a volar en dirección a Schottenring dibujando un amplio arco.

—Hoy en día hasta los pájaros se han vuelto locos —dijo Franz, al tiempo que pasaba los pies por encima de la grava.

—Era un ampelis europeo —murmuró Freud—. Se dice que sólo aparece antes de que se declaren epidemias, guerras y otras catástrofes. —El puro crujió entre sus dedos. Se había levantado una ligera brisa que susurraba en la copa de los árboles.

—Entonces ¿se va a producir una catástrofe, señor profesor?

—Sí —respondió Freud, y buscó al pájaro con la mirada, pese a que había desaparecido hacía rato tras el Burgtheater.

—Señor profesor, creo que soy tonto de remate —le confió Franz tras unos instantes de silencio reflexivo—. Un idiota de la cabeza a los pies, con el mismo cerebro que una oveja de la Alta Austria.

—Te felicito. La lucidez es comadrona de la mejora.

—Me estaba preguntando qué razón de ser tienen mis tontas e insignificantes preocupaciones, comparadas con este mundo de locos y todo lo que está ocurriendo.

—Creo que en eso puedo tranquilizarte. En primer lugar, las preocupaciones respecto a las mujeres casi siempre son tontas, pero rara vez insignificantes. Y en segundo lugar, también podría formularse la pregunta de otra manera: ¿qué importancia tiene toda la locura de este mundo comparada con tus preocupaciones?

—¡Se está burlando de mí, señor profesor!

—¡En absoluto! —replicó Freud, y levantó con ímpetu el puro en vez del dedo índice—. Los sucesos que sacuden el mundo estos últimos tiempos no son más que un tumor, una úlcera, un bubón purulento y hediondo que pronto estallará y vaciará su asqueroso contenido sobre toda la civilización occidental. Lo formulo de manera un poco drástica y gráfica, no obstante es la verdad, mi joven amigo.

Franz sintió un orgullo extraño que estalló como una burbuja en algún lugar detrás de su frente y se derramó en el interior de su cabeza como un cálido chaparrón. Ahora era el «joven amigo» del profesor.

—La verdad... —repitió, moviendo la cabeza con gesto reflexivo—. ¿La gente se sienta en su diván para oír verdades como ésta?

—Bah —dijo Freud, y observó malhumorado el escaso puro que le quedaba—. Si uno dijera siempre y sólo la verdad, las consultas estarían polvorientas y vacías, serían como pequeños desiertos. La verdad desempeña un papel menor de lo que uno cree. Sirve tanto para la vida como para el análisis. Los pacientes explican lo que se les ocurre y yo escucho. A veces es al revés: yo explico lo que se me ocurre y los pacientes escuchan. Hablamos y nos quedamos en silencio, nos quedamos en silencio y hablamos, y al mismo tiempo exploramos juntos el lado oscuro del alma.

—¿Y cómo lo hace?

—Avanzamos a tientas y penosamente en la oscuridad hasta que tropezamos de vez en cuando con algo útil.

—¿Y para eso tiene que tumbarse la gente?

—También funciona de pie, pero tumbado es más cómodo.

—Entiendo —dijo Franz—. Eso me recuerda de algún modo el pasado. A veces en verano salía de casa a hurtadillas en plena noche para ir al bosque con unos amigos. Todos llevábamos velas, y los árboles titilaban como enormes fantasmas. Caminábamos por allí un rato a oscuras, dando traspiés, pero nunca encontramos nada interesante de verdad. De cuando en cuando alguno pisaba una babosa, pero eso era todo, y luego volvíamos a casa. —Hizo una breve pausa y añadió—: Sí, eso era todo. También eran otros tiempos, entonces sólo daban miedo los árboles. Pero ¿qué encuentran sus pacientes y usted en la oscuridad, señor profesor?

—En el mejor de los casos, sueños —dijo Freud. Dejó el resto del puro a su lado, en el reposabrazos, y vio cómo refulgía por última vez antes de apagarlo definitivamente. Cogió con cuidado el pequeño cadáver y lo tiró a la papelera que el vigilante del parque acababa de revisar.

—Pero entonces ¡¿qué pasa conmigo?! —exclamó Franz—. ¡No puedo deambular en la oscuridad hasta el fin de mis días pisando babosas o tropezando con sueños! Acaba de decir que hace tiempo que dejó atrás la libido, pero yo aún tengo que lidiar con ella. Tengo los pantalones a punto de reventar y ya no sé qué hacer. No sé si debo volver a ver a Anezka. No sé si quiero volver a verla. Ni siquiera sé si puedo volver a verla. ¡No lo sé, no lo sé, no lo sé!

Se había puesto en pie otra vez de un salto y se paseaba nervioso entre el rosal y el banco.

—Por el amor de Dios, ¿qué debo hacer? —preguntó finalmente con voz agotada, y se desplomó en el banco—. ¡Ayúdeme, señor profesor!

Freud levantó las manos, las contempló un momento a la luz del sol y las dejó caer de nuevo sobre el regazo.

—Creo que no puedo ayudarte en eso —dijo—. Encontrar a la mujer adecuada es una de las tareas más difíciles de nuestra civilización. Y cada uno debe llevarla a cabo por sí mismo. Llegamos solos al mundo, y solos morimos. Aunque comparados con la soledad que sentimos la primera vez que estamos ante una mujer bonita, el nacimiento y la muerte parecen grandes acontecimientos sociales. En los asuntos decisivos, tenemos que arreglárnoslas solos desde el principio. Debemos preguntarnos una y otra vez qué deseamos y hacia dónde queremos ir. Es decir, tienes que devanarte los sesos. ¡Y si la cabeza no te da respuestas, pregúntale al corazón!

—No puedo esperar mucho de mi cabeza —murmuró Franz—. Y el corazón se quedó hecho trizas en una casa de Rotensterngasse.

—No tienes otra opción. Si sigues pidiendo consejo a un anciano, no recibirás respuestas satisfactorias. Y si le preguntas a lo que hay dentro de tus pantalones, la respuesta será clara, pero tan sólo te conducirá a la confusión.

—Mmm —dijo Franz, y se llevó la mano a la frente como para encauzar el terrible caos de sus pensamientos—. ¿Podría ser que su método del diván no sirviera más que para empujar a la gente a salir de sus caminos, trillados pero agradables, para mandarlos por terrenos rocosos y desconocidos donde, con dificultad, deben encontrar su camino, del que no tienen ni la más remota idea de cómo es, adónde lleva o si en realidad conduce a algún destino?

Freud levantó las cejas y abrió la boca despacio.

—¿Podría ser? —repitió Franz. Freud tragó saliva—. ¿Por qué me mira tan raro, señor profesor?

—¿Y cómo te estoy mirando?

—No lo sé. Como si hubiera dicho algo increíblemente estúpido.

—No, no es eso. No es eso en absoluto. —Freud intentó sonreír, se pasó los dedos por el pelo, distraído, cogió el sombrero que había apoyado en la rodilla, se lo puso en la cabeza y se levantó—. Creo que ya hemos hablado suficiente por hoy. Pronto se pondrá el sol. Y nadie sabe si volverá a salir.

Con paso sorprendentemente rápido y el bastón golpeteando en la grava, el profesor emprendió la vuelta en dirección a Ringstraße. Franz se quedó sentado un rato. Antes de que el sombrero gris desapareciera del todo tras la esquina, se levantó de un salto y corrió tras él.

Se despidieron en Berggasse con un breve apretón de manos. Freud tenía los dedos secos y ligeros. Como espinas de pescado, pensó Franz, como las espinas de las carpas muertas e infestadas de gusanos, que no terminaban en un plato de la fonda sino en las fauces de los gatos, y cuyos esqueletos se desintegraban en las manos cuando al cabo de unas semanas uno los sacaba de debajo de los barcos varados.

Cuando el profesor hubo desaparecido en el interior de su casa, Franz apoyó un momento el oído en la puerta y cerró los ojos. La madera aún estaba caliente por el sol y dentro resonaban las pisadas de Freud en la escalera. Cuando abrió de nuevo los ojos y se retiró de la puerta, los primeros pasos que dio fueron vacilantes y cautelosos. Enseguida, sin embargo, emprendió la marcha con decisión, dobló la esquina y entró en la pequeña taberna de Türkengasse. Pidió un gulash y una jarra de cerveza.

La tarde del día siguiente, el Rojo Egon estaba en su vivienda en un sótano de Schwarzspanierstraße, inclinado sobre la radio, escuchando la voz de Kurt Schuschnigg, desprovista ya de la fuerza para oponer resistencia. Era el último discurso del canciller al pueblo, que hacía tiempo que había dejado de ser su pueblo. Presionado por las graves amenazas de Hitler, que incluían el uso de la fuerza, se retiraba del plebiscito por una Austria libre y presentaba su dimisión. Para no provocar un baño de sangre durante el avance casi seguro de las tropas alemanas a través de la frontera, había dado instrucciones al ejército de no impedirlo. Terminó el discurso con estas palabras: «Así que en este momento me despido del pueblo austríaco con un ruego desde lo más profundo de mi corazón: ¡Que Dios proteja a Austria!» En cuanto terminó de hablar, un vocerío incontrolable irrumpió en las calles: «¡Un pueblo! ¡Un imperio! ¡Un Führer!», «¡Muerte a los judíos!», o simplemente gritos inarticulados, cánticos y aullidos. El Rojo Egon apagó la radio. A través del polvoriento y opaco ventanuco que daba directamente a la acera vio las piernas de vieneses y vienesas espantados que pasaban a toda prisa, al trote, a la carrera. Se levantó y se acercó al armario ropero. Observó un momento su figura escuálida en el reflejo de la puerta de cristal oscurecido, se arregló el nudo de la corbata y se repasó la ceja izquierda con la punta del dedo índice humedecida con un poco de saliva. Luego abrió un cajón, sacó un trozo de tela enrollada formando una bola gruesa, así como un martillo

129

y unos cuantos clavos, y salió de su casa sin molestarse en cerrar con llave. En la escalera se cruzó con los dos chicos de la pareja de tranviarios de la segunda planta. Los pantalones cortos les oscilaban sobre las rodillas mientras se precipitaban a la calle profiriendo gritos y chillidos. Casi sin resuello, el Rojo Egon subió hasta la última planta y accedió por una puerta baja a la buhardilla, donde con la punta del zapato golpeó el cuerpo inerte de una paloma. Contuvo una leve sensación de náusea y subió por una escalera de madera y a través de un tragaluz hasta el tejado. Una ráfaga de viento polvoriento lo golpeó en la cara y lo obligó a cerrar los ojos un momento. El ruido de la calle llegaba amortiguado, las voces de decenas de miles de ciudadanos vieneses unidas en un clamor que subía y bajaba, una especie de aullido similar a una sirena que hacía vibrar la ciudad. Avanzó con cautela por la superficie ligeramente inclinada hasta el borde del tejado y se sentó. Con unos cuantos martillazos fijó un extremo de la tela a la cubierta asfáltica, luego dejó que el rollo se deslizara por encima de los canalones y oyó satisfecho cómo caían los cinco metros de tela por la fachada y golpeaban la ventana del ático de la señora Hinterberger, fallecida hacía poco. Con cuidado, se guardó el martillo y el resto de los clavos en el bolsillo interior de la chaqueta, avanzó un poco más, sacó las piernas por el borde del tejado y las balanceó por encima del ruido de Schwarzspanierstraße. De una ventana abierta al otro lado de la calle escapaba aroma a carne asada. En una chimenea había dos palomas posadas; cada poco, una se erguía y daba pasitos en círculos mientras el viento le alborotaba el plumaje, convirtiéndola en penacho liviano. El Rojo Egon sacó un paquete de cigarrillos sin filtro del bolsillo de los pantalones, extrajo uno, se lo colocó sobre la palma de la mano y lo observó un momento. Luego se lo puso en la boca y lo encendió. Dio una profunda calada con los ojos cerrados. Cuando después de la séptima calada se abrió el tragaluz y subieron al tejado tres hombres y una mujer con brazaletes de la cruz gamada, porras cortas y los rostros desencajados por las ansias de matar, ni siquiera se volvió. Inclinó el peso hacia delante, dejó caer el cigarrillo al vacío y se lanzó tras él.

—¿Lo has leído? —preguntó Otto Trsnjek con tono sombrío, agitando la edición matutina del *Reichspost* por encima de la cabeza.

Franz negó con un gesto. Durante los últimos días apenas había podido leer la prensa, o mejor dicho, no le había puesto mucho empeño. Los sucesos de los últimos tiempos le zumbaban en la cabeza como una nube de moscas exaltadas, y en cuanto abría un periódico las letras empezaban a despegarse del papel y a confundirse en un caos ininteligible.

—¡Pues siéntate y escucha! —ordenó el vendedor de tabaco.

Franz interrumpió su tarea, que en ese momento consistía en retirar los periódicos del día anterior de las estanterías y sustituirlos por los nuevos, que olían a tinta fresca. Rápidamente colocó en su sitio la última edición del *Bauernbündler*, que como casi todos los periódicos esos días llevaba en portada una fotografía impresionante de Adolf Hitler, y se sentó en su taburete. Otto Trsnjek abrió el *Reichspost* y se puso a leer:

—«¡Frustrado un ataque cobarde! Ayer se hizo público que, gracias a la valiente intervención de algunos vieneses y vienesas, se impidió un ataque vil a la nueva libertad de opinión de nuestro Reich...» ¡Ja! —exclamó el estanquero, y dio un golpe con la palma de la mano en el mostrador—. ¿Has oído? ¡La nueva libertad de opinión! —Tomó impulso de nuevo para dejar caer la mano sobre la madera, pero en el último momento se contuvo y continuó con voz ronca—. «Al caer la tarde, Hubert Panstingl, llamado "el Rojo Egon" en determinados círculos, reconocido bolchevique y desempleado, subió al tejado de su piso de alquiler en Schwarzspanierstraße y allí pudo llevar su plan tranquilamente a la práctica. Desplegó una pancarta al parecer confeccionada por él mismo que, de una forma abominable que no vamos a reproducir, injuriaba a nuestro Reich, nuestro pueblo y nuestra ciudad llena de esperanza.»

Otto Trsnjek agarró el periódico, se levantó con una agilidad sorprendente por detrás del mostrador, se inclinó hacia Franz y le gritó a la cara:

—¡Y yo me pregunto: ¿qué esperanza puede haber en una ciudad que publica semejante balbuceo falaz y torpe de un periodicucho alemán inmundo y sensacionalista?!

Franz intentó hacerse tan pequeño como fuera posible para pasar desapercibido.

—¡Escucha cómo continúa! —exclamó el vendedor de tabaco—. «Sólo el coraje y la rapidez de algunos vecinos y transeúntes que intervinieron evitó que el peligroso sujeto prolongara su vil ofensa a la ciudadanía de Viena. Plenamente conscientes del grave riesgo que corrían, esos hombres y mujeres subieron al tejado, se plantaron delante del perturbado agitador y le pidieron que entregara inmediatamente la pancarta. Sin embargo, el cobarde comunista Panstingl, que no tenía intención de desistir en su empeño, se encaró a esas personas sencillas y las amenazó. Al cierre de la redacción no se había esclarecido si portaba un arma, pero según las declaraciones de los afectados se considera bastante probable.» ¡Ja! —exclamó de nuevo Otto Trsnjek—. ¡Un arma! El Rojo Egon prefería untar la mantequilla en el pan con el dedo antes que tocar un cuchillo. —Tenía la cara bañada en sudor y muy roja. Con la manga deshilachada de la chaqueta de lana se secó la frente y prosiguió—: «En su brutal tentativa, parece que el sujeto subversivo perdió el equilibrio y se precipitó al vacío desde el tejado. Afortunadamente, nadie resultó herido cuando se estrelló contra la acera. El autor del delito murió y su vergonzosa pancarta pudo ser retirada y destruida.»

El estanquero se quedó ahí, tambaleándose un poco, mirando fijamente el periódico que tenía en las manos. De pronto, un estremecimiento le recorrió el cuerpo. Con movimientos rápidos, empezó a romper las hojas en pedacitos cada vez más pequeños, que cayeron al suelo despacio en torno a él. Una vez que hubo acabado, dejó caer las manos poco a poco. Se le había resbalado la chaqueta y le caía, torcida, por los hombros. Su zapato dio un leve crujido a causa del ligero movimiento de sus piernas.

—¿Sabes qué ponía en la pancarta? —susurró. Franz dijo que no con la cabeza, en silencio—. «La libertad de un pueblo requiere que su corazón sea libre. ¡Viva la libertad! ¡Viva nuestro pueblo! ¡Viva Austria!»

El zapato de Otto Trsnjek dejó de crujir; el estanquero se quedó quieto de repente. Acto seguido salió de su aturdimiento, dio varios saltitos hasta colocarse en su lugar detrás del mostrador y se sentó. Franz vio cómo se reclinaba y su rostro desaparecía poco a poco en la penumbra, detrás de la lámpara.

Aquella noche también le costó dormir, como era costumbre últimamente. Desde su llegada a Viena, a pesar del agotamiento recurrente que sentía por las noches, Franz tenía dificultades para conciliar el ansiado sueño, que en su cama junto al lago siempre lo envolvía y se lo llevaba de una forma tan natural. Así que ahí estaba ahora, tumbado boca arriba, con las manos entrelazadas en la nuca y los ojos abiertos, aguzando el oído en la oscuridad. Fuera, los gritos, que ya se habían convertido en algo habitual, habían evolucionado a un gemido nocturno que parecía recorrer las calles permanentemente hasta llegar directo a él, en el cuartito del estanco. De cuando en cuando se oía un gorgoteo en las paredes, y desde la tienda a veces le llegaba un leve susurro. Puede que sean ratones, pensó Franz, o ratas. O los acontecimientos de la víspera que, convertidos ya en recuerdo, escapaban de los periódicos, haciendo crujir el papel. En realidad, continuó reflexionando, es curioso cómo anuncia la prensa toda su verdad a bombo y platillo en letras mayúsculas y en negrita, para en la siguiente edición volver a la minúscula y contradecirlo todo. Casi se podría decir que la verdad de la edición matutina es la mentira de la edición vespertina, pensó, aunque por otra parte, en lo que respecta a la memoria no importa mucho, ya que la mayoría de las veces no se recordará la verdad, sino sólo lo que se haya gritado lo bastante fuerte o impreso en caracteres lo bastante gruesos. Y finalmente, si los susurros del recuerdo perduran lo suficiente, acaban convirtiéndose en historia, concluyó. Pataleando, apartó la manta que le cubría el cuerpo y estiró los brazos. Oía el latido de su corazón resonando en el colchón, golpeteando con un sonido grave y apagado, como el motor de un barco. Un sonido hermoso, pensó mientras notaba cómo poco a poco su cuerpo se despegaba de la cama. Fue una sensación agradable pero fugaz. Alguien le gritó algo, y allá, muy abajo, vio los barcos exhalando sus vapores en el lago. Los peces mostraban el vientre y un sombrero negro se balanceaba suavemente sobre las olas. Ya no se distinguía la banderita en el horizonte. «¡Disculpe, pero su madre lo está saludando!»

Fueron los latidos de su corazón los que despertaron a Franz de nuevo, un bombeo regular que resonaba cada vez más fuerte. Para entonces había logrado con cierto éxito anotar sus sueños. Noche tras noche, buscaba a tientas los fósforos y garabateaba algunas palabras confusas a la luz titilante de una vela en una de las hojas cuadriculadas que guardaba bajo la cama. Era laborioso, y al principio no le aportaba nada. En realidad, lo hacía sólo por el aprecio que le tenía al profesor y porque, en su fuero interno, sentía mala conciencia si no lo hacía. No obstante, durante los últimos días se había convertido en un hábito. O en una suerte de orgullo por su capacidad de superación. O tal vez incluso en una leve sensación de alivio y satisfacción. Franz no sabía explicarlo con exactitud, pero en el fondo daba igual. Anotaba sus sueños y luego lograba dormir unas horas en paz porque ya no soñaba, y ése era el efecto secundario que hacía que el esfuerzo mereciera la pena.

135

«Vuelo sobre el Attersee —garabateó con su letra infantil—. Alguien me grita, los barcos de vapor son bonitos, los peces no. Al parecer, el profesor ha perdido el sombrero, y a lo lejos me saluda mi madre.» Dejó la hoja y el lápiz debajo de la cama y apagó la vela. Por unos instantes el titileo continuó tras sus párpados cerrados. Vaya, pensó, por lo visto no sólo existen susurros del recuerdo, sino también destellos del recuerdo. No pudo evitar soltar una risita. Desde que se había marchado de Salzkammergut se le ocurrían ideas que jamás habría pensado que albergara en su interior. Probablemente la mayoría eran tonterías tremendas, pero de algún modo también interesantes. Se puso de lado, cerró los ojos y trató de dejarse llevar.

Tres segundos después estaba sentado en la cama, erguido y conteniendo la respiración. Un ruido lo había devuelto a la realidad, un estruendo, el estallido de algo al hacerse añicos, que pareció desgarrar la noche. Luego retornó el silencio. Franz se levantó alarmado y fue corriendo a la tienda. Ante sus ojos, bajo la débil luz del alba, reinaba un caos increíble. El escaparate estaba destrozado, la puerta colgaba torcida de las bisagras y del marco sobresalían largas astillas que apuntaban hacia el local. El suelo estaba lleno de esquirlas de cristal y dos expositores de periódicos estaban volcados uno encima de otro. Por todas partes había esparcidos periódicos, cajas de puros, cajetillas de tabaco, cajas de lápices abiertas y cigarrillos sueltos. Fuera, en la acera, páginas sueltas de diarios henchidas que volaban hasta el otro lado de la calle como fantasmas susurrantes. Franz dio un paso vacilante. El cristal crujía bajo las zapatillas de piel que le había dado Otto Trsnjek hacía tiempo a cambio de ocho horas extra no remuneradas.

Del marco de la puerta goteaba un líquido espeso que formaba una mancha brillante en el suelo. Entonces vio algo en el mostrador. Una cosa negra, un cuerpo oscuro, una masa húmeda que se expandía sobre el mostrador. Por un momento le pareció que respiraba: subía y bajaba lentamente, y volvía a subir. Despedía un olor desagradable, rancio, dulzón y también un poco agrio. Olía a carne pasada, sangre y excremento. Franz se acercó inclinándose con cautela. La impresión de que respiraba había sido producto de su imaginación. Sobre el mostrador descansaban las entrañas de uno o varios animales grandes. Jirones flácidos, cuajarones brillantes de grasa e intestinos abultados y atravesados por una telaraña de venillas. Franz retrocedió un paso y algo crujió bajo sus pies. Entre los trozos de cristal vio la cabeza de una gallina que lo miraba con ojos azulados y sin vida.

Cuando Otto Trsnjek llegó puntual a las seis de la mañana para abrir la tienda, no dijo nada. Se limitó a observar la escena en silencio: la frase escrita encima de la entrada —AQUÍ COMPRAN LOS JUDÍOS—, la porquería esparcida a cubos, los fragmentos de cristal, la sangre, la cabeza de gallina, las apestosas vísceras amontonadas sobre el mostrador, y a su aprendiz Franz, sentado cabizbajo en el taburete junto al escaparate sin cristal, mirando la acera. Otto se mantuvo un buen rato así, inmóvil y mudo. Finalmente abrió la boca para decir algo, pero sólo logró emitir un leve sonido, apenas más audible que el estallido de una burbujita de saliva. Así que se puso a trabajar.

Juntos barrieron el cristal del suelo y metieron las entrañas y las cabezas de gallina en grandes sacos de lino, que enseguida se empaparon de sangre, y guardaron en una caja los puros y cigarrillos sucios, reblandecidos, rotos o desmenuzados. Lo depositaron todo junto a los cubos de basura del patio trasero. Fregaron la acera, las paredes, el suelo y las estanterías. Finalmente, retiraron con cuidado las últimas astillas del marco del escaparte, descolgaron la puerta, enderezaron las bisagras, volvieron a colocar la puerta y fregaron por segunda vez el suelo, las estanterías y el mostrador, en esta ocasión con vinagre y un polvo rosado, que apestaba a producto tóxico. Cuando, pasadas unas horas, terminaron con la agotadora limpieza, el vendedor de tabaco apoyó las dos muletas en el suelo, una al lado de la otra, colocó con cuidado el muñón de la pierna en la agarradera y respiró hondo.

—Ya iremos luego al cristalero —dijo—. ¡Ahora ve a buscar unas cervezas!

Se bebieron la cerveza de la botella, en silencio, despacio y a pequeños sorbos, el estanquero en su sitio detrás del mostrador y Franz en el taburete. Era una cerveza de Estiria, oscura y amarga. Ya había caído la tarde, en la calle los transeúntes pasaban presurosos y sólo algunos miraban el estanco; casi nadie se detuvo a echar un vistazo al interior por el escaparate sin cristal. Un perro muy flaco se paró a husmear en la entrada, pero su amo no tardó en tirar de la correa y llevárselo a rastras. Por la acera de enfrente pasó a toda prisa la señora doctora doctora Heinzl; parecía muy concentrada en su camino y no dirigió ni una mirada al estanco. Un policía de avanzada edad asomó la cabeza por la puerta, miró un momento a su alrededor, se llevó la mano a la gorra a modo de saludo y desapareció sin decir nada. En algún lugar detrás de Wienerwald el sol empezaba a ponerse, las cervezas se habían terminado y Otto Trsnjek se aclaró la garganta antes de decir:

—Interesante —empezó—, que alguien hable tan poco en todo un día.

En ese momento se detuvo un vehículo viejo y oscuro en la entrada y tres hombres vestidos de traje gris se apearon. Uno de ellos llamó innecesariamente al marco de la puerta abierta, un hombre con aire taciturno y el rostro macilento de funcionario.

—¿Señor Trsnjek?

—Vamos a cerrar —dijo.

El hombre torció el gesto y esbozó una media sonrisa. La luz rosada del atardecer le iluminaba la oreja derecha.

—Quizá, pero eso será cuando nosotros se lo digamos —respondió.

—¡Largaos de aquí, perros sarnosos! —masculló Otto Trsnjek entre dientes, y sonó como si quisiera arrancarles los sombreros de la cabeza a escupitajos.

El taciturno se quedó inmóvil un segundo antes de hacer un gesto con la cabeza a sus colegas y apartarse a un lado. Uno de los hombres cruzó la puerta, el otro entró directamente por el escaparate y, sin previo aviso, le asestó un puñetazo a Franz en la oreja izquierda. Franz notó la sangre caliente que le manaba del pabellón de la oreja mientras resbalaba del taburete. Más allá del zumbido que le provocó el golpe, oyó los gritos del estanquero y cómo le rasgaban el chaleco de lana cuando lo agarraron, lo sacaron a rastras de detrás del mostrador y lo tiraron al suelo.

—¡Otto Trsnjek, queda detenido por posesión y divulgación de pornografía! —gritó el taciturno. Se hizo el silencio un instante. Pese a que el estanquero estaba arrodillado en el suelo con la cabeza gacha, Franz creyó verle una mancha oscura en la frente—. ¿Dónde esconde los folletines? —preguntó.

Otto Trsnjek bajó aún más la cabeza. Uno de los hombres le dio una patada fuerte en las costillas. El vendedor de tabaco cayó de lado con un gruñido, se protegió la cara con las manos y adoptó una posición fetal. Tras un gesto afirmativo de su superior, el tercer hombre pasó detrás del mostrador, abrió el cajón de un tirón, sacó el montoncito de «revistas para ponerse tierno» y las sostuvo en alto con una sonrisa triunfal.

—¿Estas porquerías vendes a los judíos?

Otto Trsnjek dio una sacudida con la cabeza y pronunció un «sí» apenas audible.

—¿Desde cuándo?

—No lo sé.

El taciturno asintió y su colega descargó otra patada. Un puntapié aún más fuerte en la zona lumbar. Otto Trsnjek soltó un gemido ronco y se encogió todavía más. Franz cerró los ojos; el zumbido en el oído se había apagado y el dolor casi había remitido. De pronto recordó los gusanos que de pequeño sacaba de la tierra blanda después de las persistentes lluvias y cómo, ciegos e incapaces, se retorcían en la palma de la mano. Esos gusanos eran raros, resbaladizos, gordos y frescos al tacto, y si los pinchabas con una aguja de coser se enroscaban hasta hacerse muy pequeños y del pinchazo salía una gotita oscura.

—Repito: ¿desde cuándo vendes tus cochinas revistitas a los judíos?

—Desde siempre... —susurró el estanquero.

—Mi querido señor mercader de prensa, deberías saber que eso no se hace —dijo el taciturno moviendo la cabeza con un gesto de reprobación. Luego se agachó, agarró a Otto Trsnjek del pelo y lo levantó del suelo despacio.

—¡No es verdad! —En su rincón, Franz se había puesto en pie con las piernas temblorosas—. ¡Las revistas son mías! ¡Yo las compré! ¡Todas! ¡Porque a veces me gusta mirar esas cosas!

—¡Cierra el pico, Franz! —masculló el vendedor de tabaco—. No sabes lo que dices.

—Disculpe, pero lo sé muy bien. Además, ¡la verdad es la verdad, y punto! Y si uno ha hecho una tontería, tiene que responder por ello. En eso me dará la razón, señor policía, ¿no?

El taciturno soltó la cabeza de Otto Trsnjek como si fuera una manzana podrida. Se enderezó y se quedó mirando a Franz.

—Lo mejor será que me lleve ahora mismo a comisaría o al puesto de guardia, o a donde sea. Al fin y al cabo, las revistas son mías, yo las he comprado y leído, he visto las imágenes y las he escondido en el cajón. Y si eso es un delito, quiero responder por ello, por favor.

—Cierra el maldito pico, idiota —le espetó el estanquero.

—Pero ¿por qué? —dijo el taciturno en tono amable—. ¡Deja que el muchacho hable! Por cierto, ¿cómo se llama?

—Disculpe, pero no soy un muchacho, y me llamo Franz Huchel.

El taciturno se llevó las manos a la espalda y, despacio, dio dos o tres pasos hacia Franz.

141

—Ah, ¿sí? ¡Pues diga lo que tenga que decir, señor Huchel!

—Franzl... —Otto Trsnjek había levantado de nuevo la cabeza. Tenía el rostro desencajado por el dolor y su mirada vagó unos segundos por las cajas de puros antes de encontrar a Franz—. Eres mi aprendiz... y además un idiota. Por eso vas a hacer ahora mismo lo que yo te diga: ¡siéntate y cierra el maldito pico!

Sólo entonces Franz vio el fino rastro de sangre que le surcaba la barbilla, un delicado reguero apenas más ancho que un hilo. Y de pronto vio también la desesperación en sus ojos. Como un velo, pensó, como un velo muy fino y oscuro. Fue en ese preciso momento cuando lo entendió todo. Por una fracción de segundo se abrió una ventana al futuro por la que el miedo blanco entró y voló hasta él, un muchacho insignificante, tonto e impotente de Salzkammergut. Se dejó caer sobre las rodillas reprimiendo el llanto, se abrazó al cuello de su mentor y se apretó contra su cuerpo.

—¡Suéltame, Franzl! —susurró Otto Trsnjek con voz ronca contra el cabello del chico—. ¡Por favor, suéltame!

Una vez que metieron al estanquero en el asiento trasero, tras varios y ruidosos intentos fallidos de poner en marcha el coche, el vehículo subió por Währingerstraße y dobló por Boltzmanngasse. Franz permaneció un rato delante del estanco. Había empezado a chispear y el olor de los adoquines mojados ascendió bajo la cálida llovizna primaveral. En un punto, más allá de los tejados, se distinguía con claridad un arco iris. Otto Trsnjek no había gritado ni había dicho nada más, se había dejado llevar sin oponer resistencia y había subido al coche ayudado por los hombres de gris. Franz había entrado a buscar las muletas, pero cuando salió con ellas ya se habían marchado. Ahora estaban apoyadas como dos palos viejos junto a la entrada, inútiles y torcidas. El agua corría formando finos arroyos por el cristal de la carnicería Roßhuber. Detrás, la silueta del carnicero cortaba un cuarto trasero. Había observado cómo se llevaban al vendedor de tabaco desde la entrada de su tienda, con los brazos cruzados sobre el delantal ensangrentado y los labios fruncidos. Cuando finalmente el coche desapareció, movió la cabeza soltando una breve carcajada y volvió a entrar.

Franz seguía ahí, sin moverse. Tal vez se tratara de eso, pensó, de quedarse ahí y no volver a moverse. Más adelante, cuando transcurriera el tiempo, podría dejarse llevar y ya no tendría que nadar ni patalear a contracorriente. Los transeúntes pasaban presurosos sin mirar. En algún lugar lloriqueaba un niño. Los mirlos trinaban en los parterres de alrededor de la iglesia votiva. En el poyete de una ventana encima de la oficina de Instalaciones Veithammer revolotearon dos palomas que enseguida volvieron a un rincón del alféizar. Una ráfaga de viento lanzó una cortina de lluvia contra la cara de Franz. Una sensación agradable, pensó, y cerró los ojos y deseó no volver a abrirlos jamás. Entonces oyó que alguien carraspeaba a su espalda y le decía a media voz:

—¿Sigue interesado alguien en atender a la clientela, o hay que servirse uno mismo? —Era el jurista Kollerer.

Franz se vio reflejado por partida doble en los gruesos cristales de sus gafas, con las dos agujas de la iglesia votiva de fondo tras la nebulosa llovizna.

—El estanco está abierto, por supuesto, señor Kollerer —dijo Franz—. ¿Lo de siempre, el *Wienerwaldboten*, el *Bauernbündler* y un Langen Heinrich?

Franz encargó los cristales nuevos al vidriero Staufin-
ger, que los entregó sin demora y los colocó perfectamente. Por primera vez en muchos años entraba algo
más que una tenue luz crepuscular en el estanco. La
claridad de la calle llegó a cada rincón e hizo resplan-
decer con una viveza desconocida las coloridas tapas de
las cajas de puros. Sin embargo, ahora también se
veían las telarañas y las manchas de humedad del techo.
Franz compró un cubo de pintura blanca, pidió presta-
da una escalera, un delantal de pintor y una brocha de
crin a Frau Veithammer, la esposa del instalador, y se
puso a pintar el techo. Cuando terminó, dio una mano
de pintura a las paredes y los zócalos, luego las estanterías, la vitrina de los artículos de papelería, las cajas
de objetos varios, los armaritos de accesorios de tabaquería, las patas del mostrador y, por último, los marcos
de la puerta y el escaparate. Con la escasa pintura que
le quedó repasó los asideros de los cajones, allí donde la
pintura se había desconchado, y finalmente pintó un
diminuto punto blanco en el pomo de la puerta de entrada, porque sí, porque le divirtió y le pareció bonito,
simpático y artístico. Tras una pila de novelas románti-
cas para la mujer cultivada encontró las gafas de leer de
Otto Trsnjek, de montura fina y algo polvorientas. Las
limpió con un poco de saliva y la manga de la camisa,
las envolvió en papel de periódico y con cuidado las
guardó bajo el mostrador. Rellenó el tintero, limpió el
plumín de la estilográfica sumergiéndolo en agua, afiló

los lápices y aplanó los bordes doblados de las páginas del libro de contabilidad. Se puso de puntillas junto a la puerta y limpió, frotó y rascó la campanilla hasta dejarla brillante como un adorno del árbol de Navidad. En una cartulina escribió con letras gruesas y rojas: ESTIMADOS CLIENTES, EL ESTANCO TRSNJEK SIGUE ABIERTO. ¡PASEN Y LES ATENDEREMOS! Y pegó el letrero por dentro de la puerta, a la altura de los ojos. Fue a ver a la señora Veithammer para devolverle la escalera, la brocha y el delantal y llevarle unas flores de un amarillo resplandeciente que había recogido a toda prisa en los parterres de la iglesia votiva. Se limpió la pintura de las manos y se expulsó el polvo del pelo, y por fin se sentó en la butaca de Otto Trsnjek, cansado y oliendo a pastilla de jabón. Permaneció un momento sentado y oyó cómo crujía el tapizado bajo su trasero; luego sacó del cajón una hoja grande de un bonito papel cuadriculado y se puso a escribir:

Querida mamá:
   Ésta es mi primera carta para ti. Bueno, no sólo para ti, pues es la primera en general. Todo lo que quiero escribirte no cabe en una sola postal. Aunque ahora mismo ya no sé qué quería contarte con exactitud. Muy propio de mí. Últimamente mi cabeza ya no es la que era. Es como si alguien la hubiera cogido entre sus manazas y la hubiera agitado con fuerza; ésa es la sensación que tengo. Por eso lo primero y principal que quiero decirte con toda tranquilidad es: Viena está muy bonita. Tras el largo invierno surge la primavera en todos los rincones y grietas. Mires donde mires florece algo.

Los parques tienen casi el mismo aspecto que en las postales, y de cada boñiga de caballo brota un lirio de los valles. La gente está como loca, va corriendo como pollos sin cabeza y nadie entiende nada. Y si me lo preguntas, no es sólo por la primavera; es sobre todo por la política. Estamos viviendo tiempos extraños. O tal vez los tiempos siempre han sido extraños, pero yo no me daba cuenta. Hasta hace poco sólo era un niño y todavía no soy un hombre, ése es el problema. Y así llegamos al siguiente tema: con la chica (ya te escribí sobre ella) no ha sucedido nada de momento, tal vez nunca lo haga. No me preguntes por qué, pero es así. Tal vez no estoy hecho para el amor. No lo sé. ¿Lo sabes tú? ¿Sabes si sirvo para el amor? ¿Sabes qué es el amor? ¿En general sabes algo sobre el amor? A decir verdad, me resulta bastante raro preguntarle esas cosas a una madre. Un poco embarazoso, pero la distancia lo permite. En todo caso, estoy deseando conocer tu opinión. Por cierto, y a propósito de la distancia, tienes que escribirme sin falta sobre el lago. Las postales son bonitas, pero las imágenes son sólo eso y pueden mentir. Igual que esas caras tan maquilladas que aparecen en las portadas de las revistas del estanco. Te miran de una manera que piensas que se dirigen a ti personalmente, pero en realidad sólo miran a una cámara mientras piensan en un jugoso gulash de ternera y reciben un montón de dinero por ello. Bueno, ya ves, no exageraba con lo de que no dejo de darle vueltas a cabeza. Si la carta tuviera un hilo conductor, a estas alturas ya se habría perdido o como mínimo ya se habría deshilachado. Así que mejor pasemos rápido al siguiente tema. El señor profesor y yo nos hemos hecho amigos. (¡En serio!) Aunque los dos trabajamos casi ininterrumpidamente, pasamos juntos todo el tiempo que podemos. Nos sentamos en el banco o vamos al parque, y hablamos de todo un poco. Él fuma; yo no. Le pregunto esto y aquello. Y él me pregunta por esto y lo otro. A menudo no sabemos las respuestas, pero da igual. Entre amigos está permitido no saber nada. Tampoco nos importa la diferencia de edad. La gente puede vernos y cotillear todo lo que quiera, qué más da. Aunque es cierto que el profesor es muy viejo. A veces, cuando lo miro, creo que ha llegado hasta nosotros desde una época remota. Como el viejo ciruelo que hay detrás de nuestra cabaña, tan torcido e inclinado sobre la orilla. Tampoco me importa que sea judío. Si no me lo hubiera dicho Otto Trsnjek, probablemente no me habría dado cuenta. Tampoco sé por qué la gente maltrata de esa manera a los judíos; de hecho, a mí me parecen muy respetables. Pero lo cierto es que estoy un poco preocupado. Por el profesor y en general. Como te he dicho, son tiempos extraños. Y ahora paso a otro tema, por desgracia bastante desagradable: Otto Trsnjek se ha puesto enfermo. Nada grave, pero está enfermo. A lo mejor es el hígado, o los riñones, o algún otro órgano. Creo que es de comer poco sano. En Viena la comida es incluso más grasa que en casa. Y contando sólo con una pierna tampoco es que pueda dedicarse a dar saltos, para hacer deporte, quiero decir. En todo caso, se ha quedado unos días en casa, y hay que esperar. Si te parece bien, le desearé de tu parte que se recupere pronto. Querida mamá, a veces me siento triste y sé por qué. Pero a veces también me siento triste sin saber por qué, y es peor. En ocasiones me gustaría volver al lago. Por supuesto, sé que ya no es tan fácil. He visto, olido y saboreado demasiado. No sé hacia dónde, pero seguiré adelante. Bueno, ya basta de refunfuñar. Debido a la ausencia de Otto Trsnjek, asumiré temporalmente la responsabilidad de llevar un estanco y por tanto tengo que mirar hacia delante. ¡Ojalá, querida mamá, estés orgullosa de mí!

Tu Franz

La tienda se mantuvo abierta, pero iba mal. Casi todos los clientes judíos habían desaparecido. Tal vez, a causa de los últimos acontecimientos, habían cambiado de estanco, pensaba Franz, o estaban escondidos en sus casas, sin hacer ruido, y habían abandonado temporalmente la lectura y el tabaco. Sólo iba como siempre el viejo señor Löwestein por una o dos cajetillas de Gloriette. El mal oído, la vista aún más deficiente y en general la debilidad causada por la edad y que poco a poco se extendía por su cuerpo lo hacían insensible a lo que estaba ocurriendo en la ciudad, unos sucesos ciertamente desagradables para el pueblo de Moisés, como le comentó una vez antes de dirigirse hacia la puerta riendo entre dientes.

También escaseaban los clientes no judíos. Lo más probable era que estuvieran esperando a ver cómo evolucionaba todo, la situación en general y el estanco en concreto, ya que por lo visto vendía a los judíos «revistas para ponerse tierno» y ahora lo regentaba un extraño chico de pueblo. Porque esperar era siempre la mejor manera, tal vez incluso la única, de salir indemne de las vicisitudes de la época.

Los pocos clientes que aún acudían al estanco habían cambiado. Ahora muchos de ellos llevaban camisa marrón y algunos, cintas con la esvástica o, por lo menos, un alfiler con la cruz gamada en el cuello, y la mayoría visitaban al peluquero más a menudo que antes. Además, tenían un brillo peculiar en los ojos. Un brillo confiado, esperanzado o alegre, aunque en el fondo también un tanto lerdo. Franz no habría sabido definirlo, pero fuera como fuese tenían ese brillo y hablaban en voz más potente y clara. El tono apagado que empleaban los clientes cuando encargaban o compraban algo, que siempre había encajado tan bien en la penumbra del estanco, se había convertido en una forma de expresarse enérgica, resonante y ruidosa. Era como si los clientes ahora supieran de verdad lo que querían, lo que siempre habían estado buscando. Cada vez más gente saludaba con un «Heil, Hitler!» y el brazo en alto. Franz, que lo consideraba un tanto exagerado, se acostumbró a contestar con un discreto «Gracias, igualmente».

Había abandonado casi por completo el hábito de leer la prensa, aunque de todos modos los periódicos repetían prácticamente el mismo contenido una y otra vez. Si uno había leído el *Wienerwaldboten*, sabía también lo que ponía en el *Bauernbündler*, y si había hojeado el *Reichspost*, podía ahorrarse el *Volksblatt*, y así sucesivamente. Era como si las redacciones celebraran a diario una gran reunión para acordar por lo menos los titulares en defensa de una aparente objetividad y luego introducir algunas diferencias aquí y allá en el texto de los artículos, por lo demás idénticos. Lo más habitual era que trataran de Adolf Hitler. En muy poco tiempo, aquel pequeño austríaco del norte se había instalado en la cabeza de sus compatriotas, y sin duda no iba a desaparecer rápido. Todos estaban locos y obnubilados con ese hombre resuelto de bigotito áspero. En eso Heinzi era sin duda un mejor Hitler que el verdadero, pensó Franz, un canciller imperial a primera vista más distinguido, con mayor decisión y carisma. Franz pensaba a menudo en Monsieur de Caballé y su navaja oculta en la pernera, y aún más a menudo en Anezka. A veces escribía su nombre en una hoja de papel, sin más, en mayúsculas y con la tinta más cara de Otto Trsnjek. O si no tenía papel a mano, en minúsculas en el margen de un periódico viejo. En un momento de tranquilidad, después de cerrar la tienda, empezó a escribirse su nombre en la palma de la mano izquierda una vez, dos veces, tres, y así, una y otra vez. Lo escribía en cada una de las falanges, en las yemas de los dedos, los cantos y los nudillos, lo garabateaba en letras minúsculas en los pliegues de las articulaciones y aún más pequeño bajo el borde de las uñas. Cuando ya no le quedó ni un hueco libre en la mano, se arremangó y siguió escribiendo en el brazo: Anezka en la muñeca, Anezka entre las venas y el vello del antebrazo, Anezka en los codos, en el resto del brazo y con letras grandes y exageradamente sinuosas en los hombros.

• • •

La mañana de un despejado lunes de abril, entró en el estanco Heribert Pfründner, el cartero con considerable sobrepeso y en consecuencia escaso resuello, que se encargaba del distrito de Alsergrund/Rossau desde hacía treinta y cuatro años. Esperó a que la campanilla dejara de sonar, luego murmuró un discreto «Heilhitler!» más bien para sus adentros y tiró encima del mostrador, además de unos cuantos folletos, el noticiario mensual del distrito y una invitación a la fiesta de inauguración del primer local en Ottakring de la Federación Alemana de Gimnasia, un sobre de color yema de huevo. Se tocó con dos dedos las sienes sudorosas a modo de despedida y se marchó jadeando. Franz cerró el estanco, se retiró a su cuartito, se sentó en el borde de la cama y observó el sobre, que tenía en la esquina superior derecha un sello en honor del orgulloso jefe del ejército austríaco Radetzky, y a la izquierda, la firma de su madre trazada con suavidad. Lo abrió con dedos temblorosos a causa de la impaciencia y empezó a leer:

Querido Franzl:
  Gracias de todo corazón por la carta. Tienes una forma de escribir muy bonita, y me diste una gran alegría. Aquí hace calor. El Schafberg se muestra benévolo y el lago se ve plateado, azul o verde, según le parece. En la orilla han plantado grandes banderas con la cruz gamada. Se reflejan en el agua, todas bien colocadas. En general todos lucen muy puestos y van por ahí con cara de importancia. Imagínate, incluso en la posada y la escuela han colgado fotos de Hitler. Justo al lado de Jesús. Aunque nadie sabe qué piensan uno del otro. Por desgracia, el bello

151

coche de Preininger ha sido confiscado. Así lo llaman ahora cuando desaparecen las cosas y reaparecen en otro sitio. Aunque el coche tampoco ha ido muy lejos. El señor alcalde lo conduce por aquí ahora. Desde que se ha hecho nazi, muchas cosas le son muy fáciles. De repente todos quieren ser nazis. Incluso el guarda forestal va al bosque con un brazalete rojo chillón, y luego se sorprende de no poder dispararle a nada. Por cierto, ¿te acuerdas de nuestro vapor de recreo, el *Hannes*? Lo han repintado y le han cambiado el nombre. Ahora brilla como un caramelo chupado y se llama *Regreso a Casa*, pero en su primer viaje con su nuevo nombre le explotó el motor y tuvieron que llevar a los pasajeros hasta la orilla en los viejos botes de remos. Ay, Franzl, mi niño, ¿adónde nos llevará todo esto? Preininger está muerto, y tú, muy lejos. A veces estoy tumbada en la cama y lloro contra el colchón porque ya no tengo a nadie de quien cuidar. Ni nadie que me cuide. Pero también pasan cosas bonitas: adivina, ¡he encontrado trabajo! Desde hace poco, el Leopoldo de Oro tiene unas cuantas habitaciones, y yo las limpio tres veces por semana. El sueldo es modesto, pero a veces me dan propina. Una vez el posadero me esperó y me arrojó a una de las camas para los huéspedes. Le dije que era amiga del Obersturmbannführer Graleitner, de Linz, y que sin duda no le iba a gustar enterarse de algo así. El posadero se llevó un buen susto y balbuceó no sé qué de un tonto malentendido. Desde entonces me deja tranquila. ¡Si supiera que me he inventado al Obersturmbannführer Graleitner! Siento mucho que Otto Trsnjek esté enfermo. Espero que mejore pronto. Por favor, transmítele mis mejores deseos de que se recupere enseguida. Tras esa fachada de estanquero gruñón se esconde el alma de un hombre sensible. Por lo menos eso creo yo. Seguro que no ha sido fácil haberse dejado una pierna en la trinchera. Sobre todo si uno se pregunta para qué. No es de extrañar que el alma también quede un poco tocada, ¿no crees? La verdad, no sé qué pensar de tu amistad con el señor profesor Freud. No me parece bien del todo. Antes podía prohibirte tratar con otros chicos si alguno no me gustaba. Esa época pasó. Ahora tienes edad suficiente y sabes lo que haces. Pero, por favor, piensa en esto: aunque los judíos sean respetables, ¿de qué les sirve cuando, desde hace tiempo, ya no queda nada respetable a su alrededor?

Querido Franzl, lamento que de momento o para siempre lo de esa chica haya quedado en nada, sobre todo porque es bien sabido que las bohemias son buenas cocineras. Por lo demás, quién sabe si no es mejor así. A veces hay que dejar ir algunas cosas para que otras lleguen. Me preguntas si sé algo sobre el amor. La verdad es que no, aunque lo he conocido. Nadie sabe nada del amor, aunque la mayoría lo ha vivido. El amor viene y va, y uno no sabe nada de él antes de que llegue, no sabe nada de él cuando ya se ha marchado, y menos aún cuando está. Y por eso quiero decirte una cosa: nadie sirve para el amor y, aun así, o precisamente por eso, a casi todos nos atrapa en algún momento. Me rompe el corazón que me digas que a veces te sientes triste. ¿Qué decirte a eso? Hay tantos tipos de tristeza como horas en la vida. Probablemente algunos más. Da igual si sabes de dónde viene la tristeza. Forma parte de nuestra vida. Creo que hasta los animales se sienten tristes. Y tal vez también los árboles. Sólo las piedras no se entristecen, simplemente están ahí sin hacer nada. Pero ¿quién quiere eso?

Mi querido Franzl, ¿comes suficiente? ¡Siempre has estado tan flaco! Cuando saltabas en el lago se te perdía de vista. Delgado, desnudo y pálido como un salvelino en primavera. Sé que no debería decírtelo, pero a veces revuelvo la caja con tus cosas. Saco un jersey viejo, hundo la cara en él y lo huelo. Creo que con los años la gente es cada vez más rara. Ya tengo canas, pero por lo menos mi trasero se mantiene bastante firme. El posadero me parece demasiado tonto y desagradable, pero hace días que uno de los guías turísticos me tiene echado el ojo. Es un tipo atractivo con bigote y manos grandes. Ya veremos qué ocurre. Ahora tengo que dejar de escribir para ir a la posada. Unos muniqueses uniformados están alojados allí, arman alboroto y ensucian mucho. Me encantaría enviarte una bandeja con *strudel* de patata, pero hoy en día no puede fiarse uno del correo. Mi querido y amado niño, ¡siempre te llevo en mi corazón!

Tu madre

Franz tocó con la yema de los dedos el fino papel de carta estriado. Una sensación curiosa fue ascendiendo por su interior como una burbuja de aire, le recorrió toda la columna vertebral, le salió por la nuca y se extendió, suave y agradablemente, por la región occipital. «Tu madre», había escrito, y no «tu mamá», como en las postales o como siempre había hecho cuando dejaba en la mesa de la cocina una nota garabateada. Los niños tienen mamás, los hombres tienen madres. Dobló la carta y hundió la nariz en ella. Olía a pasarela mohosa de madera y cañaveral seco de verano, a trocitos de carne carbonizada, a mantequilla derretida y al delantal enharinado de su madre.

Aquella noche soñó con su difunto padre, un leñador del bosque de Bad Goisern al que no había llegado a conocer porque murió aplastado por un roble podrido unos días antes de que naciera Franz. Por lo visto, en vida hablaba poco más que muerto. En su sueño, caminaban por un sendero que discurría entre campos apacibles. Franz aún era pequeño y tenía polvo en el pelo. El sol brillaba alto por encima de ellos y el padre se fundía con su propia sombra. Se acercaron a una gran oficina y entraron en el vestíbulo, de mármol brillante. En medio de la sala había un hombre gordo sentado que estampaba sellos frenéticamente en los documentos de un cartapacio. Enseguida se formó una cola delante de él. Todos querían un sello, pero el gordo no atendía a las peticiones y súplicas y seguía estampando sellos en sus documentos. Los golpes resonaban como cañonazos en el vestíbulo, mientras un cuerno dorado anunciaba con un sonido fuerte y penetrante el advenimiento de tiempos grandiosos. El padre de Franz lo agarró de la mano e intentó meterse en la cola. Tenía miedo, su mano estaba seca y áspera como un leño. No paraba de pedir perdón, más para sí mismo que para la gente, «perdón, perdón, perdón». «¡Exacto!», dijo el orondo empleado de correos en tono triunfal, y le pegó un sello en la frente al padre de Franz: FUTURO, ponía, y entre las letras bajaba un fino hilo de sangre. Franz despertó empapado en sudor y con una palpitación extraña en el corazón. Aún medio aturdido, anotó el sueño en una hoja:

> *Paseo con mi padre, brilla el sol, entramos en una gran oficina donde un hombre gordo pone sellos, mi padre se mete en la cola pidiendo perdón por ello, suena un cuerno dorado y el gordo le estampa la palabra FUTURO en la frente y le provoca una herida.*

Pasó toda la mañana con la hoja delante, sobre el mostrador, procurando no mirarla constantemente. Ese hombre gordo era de alguna forma insignificante, se dijo, pese a su aspecto imponente. Le daba la impresión de que era insignificante y se sentía también un poco solo en su magnificencia inventada; además, estaba atrapado en el sueño de un aprendiz de estanquero desconocido para él. Se tendría que poder ver dentro de la cabeza de la gente, pensó, pero sólo mientras duerme. De día realmente no quería saber qué ocurría ahí dentro, y tampoco cabía esperar mucho de una cabeza media. Sin embargo, de noche, siguió pensando, durante esas horas tranquilas y oscuras, las cosas se verían de otra manera. Ahí ya no se interponía la prudencia, y todos los miedos, deseos y chifladuras podían deambular sin ataduras por el cerebro. A Franz le habría encantado poder hablar de sus sueños con alguien, a poder ser con Anezka, en caso de necesidad con el profesor o con Otto Trsnjek, o por lo menos con algún cliente. Pero pasado ya el mediodía sólo habían entrado dos personas en el estanco: la señora Veithammer, que se había llevado el último número del *Wochenpost* ilustrado y había aprovechado la ocasión para quejarse de su esposo, fallecido poco antes, que ni siquiera en la tumba hacía las cosas como era debido, pues las flores que tenía encima habían empezado a marchitarse antes incluso de haber florecido del todo, y después había entrado una niña pequeña que pidió un lápiz y, con sus deditos, contó una a una las monedas en la mano de Franz. Naturalmente, de ninguna de las dos cabía esperar nada esclarecedor o de algún modo útil respecto al contenido de los sueños. A lo mejor, pensó Franz, no se trataba de conversar sobre los sueños y su posible sentido o sinsentido sino de compartirlos por completo, sin esperar nada, de proyectarlos del interior de la cabeza a la pantalla blanca que es el mundo exterior, como en el cine, y así despertar algo en los espectadores que por casualidad pasaran por allí o se acercaran intencionadamente. Con un poco de suerte, incluso podría proyectar algo importante, significativo o duradero. Le costaba respirar y se dejó caer en la butaca. Dar vueltas y más vueltas a ese tipo de pensamientos extraños y oscuros lo agotaba. Desvió la mirada a través del escaparate hacia la hilera de casas que tenía enfrente. Una de las ventanas estaba prácticamente cubierta de plantas sin flores y en la penumbra de detrás se movía la camiseta interior blanca de un hombre que iba de un lado al otro de la habitación. Franz suspiró. Pensó en el bosque, en el susurro relajante de los árboles y el trino de los pájaros, que pese a su bulliciosa omnipresencia no solían perturbar la calma reinante. En el cristal del escaparate, a la altura de los ojos, había pegado un excremento verdoso de pájaro. Las aves urbanas no gorjeaban, chillaban, pensó malhumorado. Además, se cagaban en los sombreros y los escaparates y se tumbaban a morir en algún rincón de algún desván, donde sólo dejaban un esqueleto polvoriento, algunas plumas y cierto hedor. Suspiró de nuevo, más hondo que la primera vez, y al tiempo que exhalaba se le ocurrió una idea: sacó la cinta adhesiva del cajón, cogió la hoja donde había anotado el sueño, escribió la fecha en la esquina superior derecha, salió a la calle y la pegó justo encima del excremento en el cristal. Retrocedió un paso y observó el pequeño cartel con su sueño. Luego cerró los ojos y aspiró profundamente el aire primaveral de Viena. Por un instante, la palabra FUTURO brilló rosada y nítida tras sus párpados, como el cartel luminoso de una atracción del Prater. Entonces oyó por detrás de él el traqueteo de un furgón de la Asociación Vienesa de Fabricantes de Hielo, cargado de bloques, y Franz volvió al estanco.

Las primeras personas que prestaron atención a esa rareza pegada en el escaparate del estanco Trsnjek fueron tres jubiladas, que acercaron a la hoja los rostros arrugados, como si estuvieran tallados en una raíz leñosa. Franz, que estaba sentado en la oscuridad del mostrador, inmóvil, observó cómo entornaban los ojos hasta que casi desaparecían entre las arrugas que los rodeaban, cómo movían los labios marchitos en un coro mudo para descifrar las palabras. Ninguna de las tres entendía nada. Estuvieron un rato con las desdentadas bocas abiertas, hasta que se alejaron a pasitos cortos. A continuación, se detuvieron ante el escaparate dos chicas con abrigos claros. Una vez leída la hoja, se pusieron las manos por encima de los ojos, a modo de visera, pegaron la nariz al cristal y escudriñaron el interior de la tienda. Al ver a Franz, echaron a correr entre risas. Mientras observaba cómo se desvanecía el vaho de sus alientos en el cristal, se detuvo otro transeúnte: un obrero con el rostro manchado de grasa y un cigarrillo de liar en la comisura de los labios. Leyó el texto con el entrecejo fruncido y se quedó pensativo un momento, luego entró en el estanco y se acercó al mostrador. Quería saber qué era ese papel con garabatos raros que había ahí fuera.

Nada, respondió Franz, por lo menos nada especial.

No le parecía que así fuera, dijo el obrero, porque uno no pegaba frases sin sentido en un escaparate sólo porque estuviese apático, aburrido o ambas cosas.

Puede ser, repuso Franz, pero lo que es importante para uno tal vez puede carecer de interés o utilidad para otro.

El obrero se miró la puntera de los zapatos y se puso el cigarrillo en la otra comisura. Preguntó en voz baja si el joven vendedor de tabaco lo tomaba por un idiota que no sabía discernir qué era inútil o banal.

No había querido decir eso, por supuesto, contestó Franz. Hoy en día los idiotas estaban en otro sitio.

Dónde, quiso saber el obrero.

En realidad, en todas partes, respondió Franz, pero no en ese estanco.

El hombre asintió. En eso tal vez tenía razón el joven vendedor de tabaco, dijo, pero aun así, maldita fuera, quería saber qué significaba aquel papel.

Es un sueño, dijo Franz, nada más que un sueño. Del cigarrillo se desprendió un pequeño copo de ceniza que descendió lentamente hasta los tablones del suelo.

Si eso es todo, dijo el obrero, decepcionado, en realidad era inútil, al menos en lo que a él respectaba.

A eso exactamente se refería, contestó Franz, al final sólo era algo inútil. Pero tal vez, continuó, en algún momento un papel con el sueño de un desconocido pegado a un escaparate podría influir o remover algo en alguien que pasara por ahí, nunca se sabía.

Sí, dijo el obrero con un suspiro de cansancio, nunca se sabía. Bien, ¿podía ponerle un paquete de tabaco Oriente, dos cajitas de cerillas y el *Sportblatt*?

Por supuesto que podía, dijo Franz. Al fin y al cabo, estaba en un estanco.

A partir de entonces, Franz pegó todos los días una hoja nueva junto a la puerta. Cada mañana, antes de abrir la tienda, salía a la calle en pijama y despeinado y pegaba un sueño nuevo en el cristal del escaparate, frío todavía de la noche. No pasó desapercibido. La curiosidad y falta de memoria de la gente seguía siendo más fuerte que el miedo, y el estanco que poco antes vendía «revistas para ponerse tierno» a judíos y comunistas ahora era el estanco de las curiosas historias breves en el escaparate. Quien pasaba por ahí y veía la hoja se paraba a leerla. La mayoría se la quedaban mirando un momento, inexpresivos, y luego seguían su camino.

Algunos se indignaban sin decir palabra y expresaban su rechazo poniendo cara de disgusto. Otros negaban con la cabeza y mascullaban algunos insultos a la puerta de la entrada. Sin embargo, de vez en cuando Franz veía a alguien en actitud pensativa al leerlo y que luego se llevaba esas pequeñas reflexiones. La gente leía, por ejemplo:

9 de abril de 1938
Se oye una canción que trata del amor, pero la melodía vacila, alguien se ríe y acto seguido salta desde la iglesia votiva, pero la tierra está blanda y se abren flores de todos los colores, nadie ha visto al difunto y una grulla arrastra una cruz por el cielo.

O:

12 de abril de 1938
Estoy con mi madre en el lago, un barco de vapor se acerca a nosotros, tengo miedo, pero mi madre me coge de la mano: NO PASA NADA, ERES MI NIÑO, me dice, pero el barco sigue adelante, el lago oscila, mi madre desaparece y el barco se estrella contra mi corazón.

O:

15 de abril de 1938
Una chica camina por el Prater, sube a la noria, por todas partes brillan las cruces gamadas, la chica sube cada vez más alto, de pronto se rompen las sujeciones y la noria avanza girando

161

por la ciudad y lo aplasta todo, la chica suelta un grito de júbilo, su vestido es ligero y blanco como un jirón de nube.

A la señora doctora doctora Heinzl, que había retomado la costumbre de caminar por la acera del estanco, le pareció especialmente interesante el sueño del vestido de nube. Estuvo un buen rato con la frente arrugada delante del escaparate leyendo el fragmento una y otra vez. Tal vez le recordaba a algo, imposible saber qué. Sin embargo, no debió de ser muy desagradable ya que al final se fue con la cabeza un poco gacha en dirección a Schwarzspanierstraße, con una risita breve y cristalina que rebotaba contra el empedrado como una joya al caer.

Una semana después de que se llevaran a Otto Trsnjek, Franz intentó por primera vez ponerse en contacto con él o por lo menos averiguar su paradero. En la comisaría de Alsergrund, los funcionarios fueron amables, pero no tenían tiempo y sí preocupaciones más urgentes. En la comisaría del centro de la ciudad, el agente de la ventanilla se mostró menos amable, pero por lo menos lo remitió al departamento de la policía estatal responsable de ese tipo de casos, de reciente creación. Así que Franz se puso en camino hacia la Morzinplatz, donde la Gestapo se había instalado en el antiguo hotel Metropol, un edificio ostentoso con grandes columnas de mármol en la zona de la entrada; delante de las mismas, tres altos mástiles con estandartes de la cruz gamada ondeaban con la suave brisa primaveral. La actividad se desarrollaba tras las ventanas de la planta superior, hombres y mujeres de uniforme gris con montones de carpetas en los brazos iban de aquí para allá o se detenían un momento, intercambiaban unas palabras, asentían, sonreían y saludaban. De vez en cuando alguien dejaba la gorra en el alféizar de una ventana, fumaba hacia fuera, hacia la primavera, y dejaba vagar la vista hasta la cima del Kahlenberg. Sólo las ventanas de la planta baja estaban oscuras y cerradas, protegidas por rejas y pesadas persianas metálicas.

Franz entró en el vestíbulo, donde enseguida se le acercó un portero de uniforme azul.

—¿Puedo ayudarle en algo, joven?

—Eso espero —dijo Franz, y oyó cómo su voz reverberaba en la inmensa sala—. Mi nombre es Franz Huchel y busco a un estanquero llamado Otto Trsnjek, inocente pero aun así detenido, o retenido, o secuestrado.

—Discúlpeme, pero en este edificio no hay nadie inocente —repuso el portero, y esbozó una sonrisa forzada—. Por lo menos, nadie que no lleve uniforme. ¿El joven ha presentado una solicitud por escrito?

Franz negó con la cabeza.

—En realidad, no quería solicitar nada, sólo llevarme a Otto Trsnjek a donde pertenece, a su estanco.

—Sin solicitud no hay información —dijo el portero.

Franz miró el techo, de donde colgaba una araña enorme decorada con infinidad de pedacitos de cristal. Por un momento le pareció que la lámpara se movía y empezaba a girar muy despacio sobre su propio eje. Bajó la mirada de nuevo.

—Entonces ya volveré —dijo.

—¿Cómo dice? —preguntó el portero.

—Entonces ya volveré. Mañana. Pasado mañana. Dentro de tres días. Y así sucesivamente. Todos los días a la misma hora, a mediodía. Hasta que alguien me diga dónde está Otto Trsnjek, cómo se encuentra y cuándo podré llevármelo a casa.

Y Franz así lo hizo. Todos los días a las doce en punto del mediodía cerraba el estanco, daba un pequeño rodeo por Berggasse —donde en secreto esperaba ver la silueta encogida del profesor tras las cortinas de la primera planta—, luego continuaba por Franz-Josef-Kai hasta el antiguo hotel Metropol, entraba con paso decidido en el vestíbulo, se acercaba al portero y decía:

—Buenos días, me gustaría saber algo sobre el paradero del estanquero Otto Trsnjek.

Los primeros días el portero se esforzó, intentaba contestar haciendo acopio de toda su paciencia y le hablaba de los diferentes tipos de solicitudes oficiales, peticiones a las autoridades, formularios impresos y canales reglamentarios. Ante todo eso, aquel chico impertinente asentía con amabilidad, pero se mostraba impasible y, tras permanecer allí, tozudo como una mula, aproximadamente un cuarto de hora, se despedía con educación y al día siguiente volvía a presentarse a las doce y cuarto para preguntar por el vendedor de tabaco. Franz empezaba a hacer vacilar la ecuanimidad profesional que tantos años de servicio le había costado conseguir al portero, hasta que al final acabó con ella. Así que, una despejada mañana de lunes, cuando se plantó de nuevo ante él con el habitual «Buenos días, me gustaría saber algo sobre el paradero del estanquero Otto Trsnjek», el portero contestó con un leve encogimiento de hombros. Luego levantó el auricular del teléfono negro de pared que tenía detrás, marcó un número de dos cifras y murmuró algo incomprensible. Tras unos diez segundos en silencio, a un lado del teléfono se abrió una puerta oculta y salió un hombre con traje de lino de color beige. Parecía sonreír mientras se acercaba a Franz, pero cuando éste se fijó bien observó que era sólo la sombra del bigote rubio claro, casi blanco. Una sonrisa hecha de sombra, pensó Franz cuando el hombre estuvo ya ante él. Entonces lo agarró del pelo y le tiró de la cabeza hacia atrás mientras, con un movimiento rápido, le inmovilizaba un brazo a la espalda y lo arrastraba fuera tras cruzar el vestíbulo.

Franz notó los adoquines bajo los talones y la mano del hombre apretándole el antebrazo como si fuera una pinza de madera; vio el cielo medio nublado y los tres estandartes con las cruces gamadas. Después notó una sacudida y el brazo liberado, y acto seguido su cara golpeaba el suelo. Cayó en un agujero negro y oyó un ruido extraño, como una ramita húmeda crepitando en las brasas, pensó antes de hundirse. Cuando pasados unos instantes emergió a la luz de nuevo, se encontró delante los zapatos del rubio. Eran unos botines pulidos y brillantes de piel blanda y de costuras laboriosas. No tenían ni un rasguño, ni una mancha, ni una mota de polvo, sólo la piel fina, lisa e inmaculada. Franz levantó la cabeza y miró al hombre a la cara. Desde ahí abajo, a contraluz, con el cielo del mediodía tras él, su bigotito le recordaba la rafia reluciente. A su lado apareció la cabeza del portero con su gorra azul.

—Será mejor que el joven no vuelva por aquí. De lo contrario, podría ser que... —Hizo una pausa para aclararse la garganta afectadamente y parpadear como

165

si quisiera expulsar unas motas invisibles de los ojos—. De lo contrario, podría ser que se quedara hospedado en el hotel Metropol más tiempo del que le resultaría agradable. ¿Lo ha entendido el joven? Franz asintió. El portero se sacó del bolsillo del pecho un pañuelo blanco como la nieve. Lo desdobló con cuidado, lo sostuvo contra la luz como un toldo y con la yema del dedo anular palpó el dobladillo finamente bordado y los pliegues bien planchados. Luego se agachó, se lo puso a Franz entre los dedos y le dijo:

—Límpiate la sangre de la cara, chico. Y vete a casa. Cuando los dos hombres hubieron desaparecido en el interior del edificio, Franz se llevó el pañuelo a la boca. La tela se empapó enseguida de sangre clara. Tenía la lengua hinchada y caliente, y la notaba extraña en la cavidad bucal. Y se le movía uno de los incisivos. Suavemente, lo sujetó con la punta de los dedos y lo arrancó de un pequeño tirón. Era un diente bonito, liso. Sólo la raíz estaba rota y sanguinolenta. Lo guardaría en el cajón de la mesita de noche, pensó Franz, junto con las postales y cartas y el diminuto cadáver de la mariposa de aquella noche.

Tres semanas más tarde, la mañana del 17 de mayo de 1938, el verano anunció su llegada. Una agradable brisa se llevó el fresco nocturno de las calles por el Danubio y hasta las llanuras de Schwechat. Por toda la ciudad se abrían las ventanas, se sacudían mantas y colchones, y las plumas flotaban en el aire como flores blancas. Temprano por la mañana, los trabajadores salían o entraban en sus turnos y las amas de casa hacían cola frente a las panaderías, donde olía a café y panecillos recién horneados. Los primeros tranvías partían chirriando perezosamente de sus cocheras, y aquí y allá humeaban sobre los adoquines las bostas de los caballos Haflinger que tiraban de los carros con los que se transportaba la leche. En el Naschmarkt, los puestos del mercado hacía horas que tenían colocados sus productos, y en la vieja parada del aún más viejo señor Podgacék, las primeras jubiladas se disputaban las coliflores más grandes y las patatas más harinosas. En el paseo principal del Prater se encontraban los levantadores de peso de la Asociación Deportiva de Tranviarios para el último entrenamiento al aire libre antes del gran torneo contra la Asociación Deportiva Germania. Desganados, estiraban las extremidades y entre bostezos miraban por encima de los castaños, donde las cabinas de la noria brillaban bajo el sol matutino. En el sótano de la comandancia de la Gestapo, en la antigua lavandería del hotel Metropol, quince hombres de negocios judíos tuvieron que desnudarse y esperar con las manos en la cabeza a que los llevaran para ser interrogados individualmente. En medio de la sala estaba su ropa amontonada, con una gorra encima, a cuadros y arrugada, que recordaba a la de un cómico del cine mudo americano. En la vía número dos de la Westbahnhof de Viena había cuatrocientos cincuenta y dos presos políticos hacinados en los últimos vagones de un tren especial, a la espera de partir hacia Dachau. En el andén de enfrente había una anciana y un niño pequeño sentados en un banco, dando mordiscos por turnos a un gran mendrugo con mantequilla. Por encima de ellos, bajo la cubierta de la estación, volaron algunas golondrinas que salieron de un rincón oscuro, surcaron el aire y desaparecieron en dirección a Hütteldorf. Cuando sonó el silbato de partida y el tren se puso en marcha, el niño se levantó del banco y corrió por el andén, riendo y diciendo adiós con la mano. Y entonces ocurrió algo curioso: todos los prisioneros que se asomaban a las ventanillas del convoy le devolvieron el saludo. Cuando el niño llegó al final de la plataforma, se detuvo y se hizo visera con la mano. A lo lejos, mientras se diluía en la luz matutina, el tren semejaba un gusano enorme que se alejaba lentamente a rastras con infinidad de patitas que saludaban.

Aproximadamente a esa hora, el cartero Heribert Pfründner subía por Berggasse con la valija de correspondencia que pesaba como un muerto. Sudaba a mares, le dolía el estómago y en la boca aún notaba el regusto del café que preparaba su esposa para desayunar: flojo, insulso y un poco amargo. Como la vida de un cartero, pensó Heribert Pfründner, enfurruñado, por lo menos como su vida antes de las nueve de la mañana. Desde que los nazis se habían instalado en la oficina central de correos, los vieneses recibían sus cartas a primera hora de la mañana, por lo que Heribert Pfründner, al igual que sus colegas, tenía que arrastrarse fuera de la cama una hora antes y de ahí que el café le diera vueltas en el estómago aún más flojo, insulso y amargo que en los treinta y tres años anteriores de servicio. A esa hora, pensó, podría estar sentado a orillas de un lago, una laguna, como mínimo, un estanque del Wienerwald que no estuviera infestado de mosquitos, sumergir los pies hinchados en el agua y no pensar en nada, se dijo, o al menos tumbarse a orillas del Danubio, beberse la tercera jarra de cerveza y contemplar el lento discurrir del río. Delante de Berggasse 19 se encontró, como cada día durante las últimas semanas, dos policías de paisano holgazaneando, dos siluetas encorvadas con los rostros amarillentos por el tabaco y los ojos sombríos.

—¡Heilhitler! —murmuró el cartero, y manipuló con dedos sudorosos el manojo de llaves para abrir el portal y acceder a los buzones. Esta vez también se lo impidieron. Siempre se lo impedían. Siempre querían saber qué había en la valija del cartero. Antes que nada, lo obligaban a enseñarles las cartas dirigidas al profesor Sigmund Freud, sujetaban los sobres a contraluz, descifraban el remitente e intentaban averiguar el contenido palpándolo con sus dedos amarillentos por el tabaco. Y siempre se quedaban con una o más cartas. Ese día había dos: un sobre grande y pesado, escrito con pluma estilográfica y con la tinta corrida, que iba dirigido al «Muy Honorable Señor Profesor Dr. Freud», además de un sobre azul claro con las esquinas medio rotas. Probablemente procedía de Inglaterra, pensó Heribert Pfründner, o tal vez de Holanda, en todo caso de algún país cuyos sellos mostraban a una reina estricta, pero de mirada bondadosa. Abrió con la llave, repartió rápidamente el correo en los buzones y se marchó tras despedirse con un gesto y sin decir nada. Desde hacía tiempo las cartas sospechosas desaparecían en los bolsillos abultados de los abrigos de los policías de paisano. Quizá, quién sabía, incluso tenían razón, pensó Heribert Pfründner. Al fin y al cabo, ese Freud era en primer lugar profesor, y en segundo, judío, las dos clases de persona de las que uno podía esperarse cualquier cosa. Pero, por otro lado, era sin duda el mejor cliente de correos de la zona, así que tras descargar en Berggasse 19, la valija perdió una vez más gran parte del peso y el resto de la ruta le resultó más agradable y fácil. Cuando finalmente el cartero Heribert Pfründner dobló por Währingerstraße y a la clara luz matinal vio salir la figura escuálida del joven estanquero Franz Huchel, notó en las pantorrillas esa sensación agradable, fresca y ligera como una pluma que anunciaba el final de su turno.

Franz se había pasado la noche inquieto, sumido en una bullanga de sueños, un caos frenético de palabras, sonidos e imágenes. Despertar fue un alivio y, aunque ya al abrir los ojos empezó a disiparse el recuerdo como un velo de niebla en el crepúsculo del alba, se esforzó por reflejar en papel todo ese caos, al menos con unas pocas palabras. Poco después, con la mirada aún somnolienta, salió y pegó la hoja en el escaparate. Una breve punzada de dolor le atravesó la boca. Unos días después de su última visita a la Gestapo, le había bajado la inflamación de la lengua y la mandíbula, y en cierto modo ya se había acostumbrado a la mella en su dentadura; en secreto reconocía incluso que le gustaba. Y mientras se palpaba la mella con la punta de la lengua, así como la lisa pared que formaban las piezas adyacentes y la base blanda y cálida de la encía, que se le estaba curando poco a poco, pensó en Anezka, en sus dientes, su mella y su lengua rosada.

—Heilhitler! ¿Puedo? —Con sigilo, el cartero se le había acercado por detrás, y ahora estaba inclinado fingiendo cierto interés, cerca del escaparate, mientras leía:

17 de mayo de 1938
Un tranvía hace sonar la campanilla en el bosque, los ojos de liebre son dos gotas oscuras, de

los árboles cuelgan cabinas, y el miedo blanco está agachado sobre las nubes, algo corroe mis raíces, ¿habría que apagar las ascuas?

—¡Vaya! —exclamó el cartero, intentando salir de su asombro—. Interesante. ¡Sobre todo la parte de la liebre!

—Sí —dijo Franz—. ¿Tiene correo para mí?

—¡Claro que sí, por supuesto! —El cartero asintió y extrajo del saco, ya medio vacío, el último paquete de la ruta del día: una caja alargada envuelta en papel marrón pegado con esmero—. Mire: ¡hoy es un paquete oficial!

Franz cogió el paquete y le dio las gracias al cartero. Con un leve gruñido que probablemente pretendía transmitir cordialidad y afecto, Heribert Pfründner se dio un toquecito en la gorra y se dispuso a recorrer a paso ligero los últimos cien metros de su ruta, anticipando ya la alegría de tomarse la primera cerveza de la tarde.

Franz llevó dentro el paquete, lo dejó sobre el mostrador y lo observó a la luz de la lamparita. Iba dirigido a él. «Para el Sr. Franz Huchel, gerente del estanco Trsnjek, Wäringerstraße 9, Viena.»

Un sello azul oficial indicaba el remitente: «Jefe de la Agencia de Seguridad Estatal, Morzinplatz 4, Viena 1.»

Por un momento, Franz notó cómo la palabra «gerente» le provocaba una cálida y agradable sensación de orgullo que se le extendía por el pecho. Entonces rompió el embalaje y abrió la caja. Encima había una carta marcada con el sello oficial de color azul, mecanografiada y con una firma ilegible:

Jefe de la Agencia de Seguridad Estatal   Viena 1, a.....**16 de mayo de 1938**
............L VII – 75 / 39 g.............

Por favor, indique en la respuesta la referencia
    y la fecha anteriores

Para
Sr. Franz Huchel
Gerente del estanco Trsnjek
Währingerstraße 9 Viena

<u>Asunto</u>: Devolución de objetos personales (y de valor)
<u>Anexos</u>: 1

Con el motivo antes mencionado, le comunicamos la defunción de su conocido, el estanquero Sr. Otto Trsnjek. El Sr. T. falleció la noche del 14 de mayo en las dependencias de la sede central de la Gestapo, Morzinplatz 4, Viena 1, debido a una grave afección cardíaca. Su entierro tuvo lugar el 15 de mayo de 1938 en el Cementerio Central de Viena, sector 40, hilera IV, 2.

El Sr. T. fue detenido en abril de este mismo año, acusado de los siguientes cargos:

Sospecha de actividades enemigas del Estado
Delito contra la paz y el orden público
Delito contra la Ley de Defensa de la Patria contra Actos de Traición
Posesión ilegal de sellos oficiales del Partido

La confiscación y embargo de sus bienes y activos (de haberlos) se llevará a cabo durante las próximas semanas. Hasta entonces, todos los derechos y reclamaciones de terceros sobre dichos bienes y activos quedan invalidados. Durante este período, se autoriza temporalmente al Sr. Franz Huchel, nacido el 7 de agosto de 1920 en Nußdorf, Attersee, a tomar los recaudos necesarios para conservar la actividad comercial y asumir la dirección temporal del estanco Trsnjek.

Le enviamos los objetos personales del Sr. Trsnjek, a saber:

1 manojo de llaves
1 monedero (vacío)
1 fotografía (persona desconocida)
1 chaleco de lana
1 par de zapatos
1 pantalones (desgastados)

<u>Copia</u>:   El director administrativo Dr. Kernsteiner
B/MA/G   Firma:.........................

Franz dejó la carta sobre el montón de revistas para la mujer moderna y dispuso los objetos sobre el mostrador: los zapatos en el medio; a la izquierda, el chaleco de lana arrugado; el manojo de llaves encima del vade de escritorio, en el borde; el monedero, junto al tintero, y la fotografía, bajo el haz de luz de la lamparita. En la imagen aparecía un joven Otto Trsnjek de uniforme, con la espalda apoyada en una pared de ladrillo. Tenía la pierna izquierda doblada y apoyada en la pared. Junto a su hombro colgaba la gorra, tal vez de un clavo o de un ladrillo mal alineado. Parecía cansado. Era como si quisiera descargar todo el peso del cuerpo en la pared. Y no miraba a la cámara, sino a algún lugar a lo lejos. Así dispuestos sobre el mostrador, los objetos resultaban bonitos. Alguien debería pintarlos, pensó Franz, o tal vez debería contratar al fotógrafo del carrusel de ponis para que los fotografiara. Un pequeño bodegón de estanquero. Cogió los pantalones, que estaban cuidadosamente doblados, los sostuvo a la altura del pecho y dejó que se desplegaran para observarlos con el cristal del escaparate de fondo y la pernera del muñón colgando a contraluz. El tejido era fino y estaba raído. Si Otto Trsnjek hubiera continuado llevando esos pantalones, la rodilla pronto habría asomado como a través de una ventanita con un delicado enrejado. Franz volvió a dejarlos sobre el mostrador, cerró el estanco y se fue a su cuartito. Cerró la puerta y se quedó un rato a oscuras. De pronto le fallaron las piernas y se desplomó en el suelo junto a la cama. Y allí estuvo llorando hasta que ya no le quedaron lágrimas.

• • •

Poco antes de la hora de cierre, Franz se levantó y volvió a la tienda. Dobló los pantalones y se los llevó a la carnicería Roßhuber. El carnicero y su mujer estaban detrás del mostrador embutiendo gruesos trozos de carne y grasa en una picadora. La señora Roßhuber metía pedazos granate, amarillos y azulados por un lado, mientras su marido recogía el tropel de gusanos rosados que salían lentamente por el otro, formaba montoncitos con ellos, los envolvía en papel parafinado, daba palmadas a los paquetitos del tamaño de un puño y los colocaba uno al lado del otro en una bandeja metálica. Cuando se abrió la puerta y el chico del estanco vecino entró, ni siquiera levantaron la cabeza; siguieron inclinados sobre la máquina, concentrados si cabía en su tarea. Sin embargo, cuando Franz cruzó la puertecita de vaivén que había junto a la nevera y se acercó a ellos por detrás del mostrador sin saludar, sin preguntar ni decir nada en absoluto, se sorprendieron, se irguieron, retrocedieron un paso y cruzaron los brazos ensangrentados sobre los delantales igualmente ensangrentados.

—¿Qué quieres? —preguntó el carnicero, y bajó la mirada a las baldosas del suelo, donde la sangre y el hielo deshecho se unían formando estrías singulares.

Franz dejó los pantalones junto a los paquetitos grasientos de la bandeja y dijo:

—Eran de Otto Trsnjek. Ahora está muerto.

Roßhuber se quedó lívido. Como el mármol, pensó Franz, como uno de esos santos de mármol que hay en las iglesias y miran a la gente, con sus fríos ojos de piedra: grandes, pálidos e inmóviles. El carnicero abrió su boquita de niño. Tenía los dientes estrechos y amarillentos, y la encía rosada como los gusanos de carne que salían de la picadora.

—¿Y qué tiene eso que ver con nosotros? —preguntó.
—Vosotros hicisteis pintadas en el estanco —respondió Franz—. Vosotros lo insultasteis. Vosotros lo delatasteis. ¡Y vosotros lo habéis matado!

El carnicero alzó la cabezota y se quedó mirando a Franz en silencio a la altura de la frente.

—¡Di algo! —lo urgió su mujer, mientras se quitaba con nerviosismo unos trocitos de carne picada de los brazos.

Roßhuber alzó los hombros, los dejó caer, soltó un bufido, se colocó bien el delantal, miró al frente, volvió a soltar un bufido y no dijo nada.

—A lo mejor no tiene nada más que decir. —Franz dio un paso hacia el carnicero y lo miró. A las mejillas de mármol les asomaron unas manchas encarnadas que se extendieron rápidamente, como jirones de nube vespertinos tras una tarde de tormenta. De la comisura de los labios le colgaba una burbujita brillante de saliva. Franz levantó las manos y observó la fina piel del dorso—. Mi madre siempre me decía que tengo las manos muy suaves. Suaves, pálidas y tiernas, como las de una chica. No me gustaba oírla decir eso, pero ahora creo que tenía razón... —Dejó caer de nuevo las manos. Luego levantó la derecha y le dio al carnicero una sonora bofetada.

Roßhuber no se movió. Ni se movió ni emitió sonido alguno. Se quedó ahí de pie, atravesando a Franz con la mirada, pesado, mudo e inmóvil. La burbujita de la comisura de los labios había estallado. Tenía las mejillas un poco sonrojadas y debajo del pómulo se le veían dos marcas alargadas.

—¡Eduard! —exclamó la mujer, horrorizada, con el rostro desencajado y rompiendo así el silencio helado de la tienda—. ¡Eduard, haz algo!

Pero el carnicero no hizo nada. Volvió a moverse sólo mucho después de que Franz saliera de la carnicería con los pantalones de Otto Trsnjek bajo el brazo. Entonces levantó las manos muy despacio y, con un gemido largo y ronco, hundió la cara en las palmas.

Querida mamá:
   Me habría gustado enviarte una postal (han llegado algunas nuevas, impresionantes, con la iglesia de San Carlos Borromeo, geranios, glorietas, y muchas otras cosas), pero hay palabras que no toleran imágenes, sino que necesitan un sobre. Ya que no sé decirlo mejor, lo diré tal cual es: ayer murió Otto Trsnjek. Su corazón simplemente dejó de latir. Tal vez ya no quería seguir con la vida, con el tiempo y todo lo demás. Es probable que no se diera cuenta de nada. Se durmió apaciblemente en Burgenland, de donde procedía. Por favor, mamá, no te pongas triste. O sí, ponte triste. Otto Trsnjek lo merece. Pero eso lo sabes tú mejor que yo. De momento me quedaré aquí. ¿Qué otra cosa puedo hacer? Además, alguien tiene que llevar el estanco. Seguir adelante, a toda costa. Y hay mucho que hacer. Aquí, a mi alrededor, todo parece moverse, o ésa es la impresión que me da. Sólo espero que no salte todo en pedazos. Lo único que no cambia es el lago. Las montañas y las nubes se reflejarán en él más tiempo que esas cruces gamadas, créeme. Querida mamá, termino aquí esta triste carta. Te envía un cariñoso abrazo.

Tu Franz

. . .

El silencio y la inmensidad, pensó Franz mientras estaba en cuclillas sobre el tronco ennegrecido de un árbol caído por un rayo cerca de Stefaniewarte, en la cima del Kahlenberg, contemplando Viena: el silencio y la inmensidad, la claridad y las profundidades, la bruma y el misterio, el sol, la lluvia, la ciudad, el lago, la montaña. Aunque el Kahlenberg no era bien bien una montaña, pensó, o al menos no una imponente como la Schafberg, o la Hochleckenkogel, o incluso la Höllengebirge. En Salzkammergut, el Kahlenberg sería como mucho una colina, si acaso. Era más bien una elevación irrelevante, una prominencia, o simplemente un gran montículo de tierra con escasa vegetación boscosa. Pero los vieneses no eran de la misma opinión, siguió reflexionando, para ellos el Kahlenberg no sólo era una montaña de verdad, sino la más bonita, la más alta de la zona y, sobre todo los días soleados y festivos, la más concurrida por visitantes ávidos de naturaleza. Ahora, en cambio, a primera hora de la tarde de un día normal entre semana, no se veía ni un alma. Nadie deambulaba entre las matas en busca de paz y rebozuelos, nadie gritaba a su perro salchicha, a sus hijos o a su propio buen humor, ni extendía una manta para una merienda tardía con la oportuna cerveza caliente. Franz estaba solo. Aunque el Kahlenberg fuera únicamente una pobre imitación de una montaña en toda regla, las vistas eran bonitas desde arriba. Allí se podía pensar con calma, olía a sol y bosque y el bullicio constante de la ciudad se percibía sólo como una leve insinuación.

Tras la breve visita a la carnicería, había regresado al estanco. Allí escribió la segunda carta que dirigía a su madre en la vida, luego guardó con mucho cuidado las pertenencias del vendedor de tabaco —salvo los pantalones— en una gran caja de tabaco, le pegó un papel que rezaba ÚLTIMAS COSAS DEL SR. OTTO TRSNJEK y la puso debajo del mostrador. Había atendido a los clientes, recibido una entrega de cuadernos escolares —de cuarenta páginas, veinte páginas, en blanco, con líneas y cuadrículas, con y sin margen— y les había dado la vuelta a los valiosos puros en sus cajas para evitar la aparición de las humedades. Pero, sobre todo, había vuelto a leer el periódico por primera vez en mucho tiempo, si no todas las páginas, por lo menos la mayoría, y si no enteras, como mínimo sí la mayor parte. Finalmente, puntual a las seis, se dispuso a anotar la contabilidad del día. Ya mientras desenroscaba el capuchón de la estilográfica de Otto Trsnjek se sintió raro, y cuando garabateó las primeras cifras lo invadió una nostalgia desconocida, dolorosa, y la mano empezó a temblarle tanto que cayeron tres gruesas gotas de tinta de la pluma y, en medio de la columna de saldos, se formaron tres borrones de bordes espinosos de color azul oscuro. Franz sintió la necesidad de salir, al aire libre, al bosque, a la montaña, aunque no fuera más que un montículo de tierra a las afueras de Viena. Volvió a tapar la pluma y ni siquiera se molestó en borrar las manchas de tinta con la esponjita. Cerró el estanco y salió presuroso en dirección al Kahlenberg, con el aromático viento del este de cara.

El tronco en que se sentó aún estaba caliente por el sol y emanaba un agradable olor a moho. Vio escarabajos rojos que se arrastraban desordenadamente bajo un pedazo de corteza, volvían a salir y desaparecían de nuevo. Quien nada sabe, carece de preocupaciones, pensó, pero si ya es bastante difícil y doloroso adquirir conocimiento, aún es más difícil y doloroso, si no imposible, olvidar lo que uno ya sabe. Dejó que un escarabajo le trepara por el índice. Enseguida el insecto empezó a corretear como un loco por la yema del dedo. Franz volvió a posarlo con suavidad en el trozo de corteza y vio cómo desaparecía en el hormigueo general. Los dorsos de los escarabajos parecían pequeños escudos de caballeros, y las patitas, minúsculas letras que se contraían y componían palabras, frases e historias nuevas mientras avanzaban por el rico suelo del Kahlenberg. Pensó en los periódicos y en sus titulares. Tanta exaltación, tantos gritos impresos. Y aun así decían que todo estaba en orden, que en el fondo todo iba más que bien, de maravilla, fenomenal, ¡de fábula! Por supuesto que en estos momentos se estaba escribiendo la historia, pero ¿cuándo no había sido así? Se habían producido cambios radicales, pero ¿acaso no eran necesarios? Se estaban requisando bienes de comunistas e insurgentes hostiles a la nación, pero ¿no era lo justo? Se estaban confiscando propiedades a los judíos, cerrándoles negocios para traspasarlos a ciudadanas y ciudadanos de bien, pero ¿acaso no eran medidas que llegaban con retraso para mantener la seguridad y el orden público en nuestra acogedora ciudad de Viena? ¿En nuestra tolerante y bienamada Austria? ¡Todo avanza! ¡Están pasando cosas! ¡En todas partes hay algo en marcha! ¡Inauguración de la exposición «Arte degenerado» en la Casa de los Artistas! ¡Impresionante! ¡El Führer en Italia! ¡El Führer en Múnich! ¡El Führer en Salzburgo! ¡El Führer en todas partes! ¡Increíble! ¡Mussolini da un discurso! ¡Goebbels habla en Düsseldorf! ¡Fantástico! ¡Desafío judío a Inglaterra! ¡En Viena-Kagran se celebra la competición de tiradores del gremio de tranviarios del Reich! ¡Un comunista se suicida! ¡Otro! ¡Y otro! Pero ¿no se lo merecían un poco, estimados lectores y lectoras? ¡Hoy gran exposición de flores en el barrio de Favoriten! ¡Entrada gratuita para niños y heridos de guerra! ¡Dónde hay algo así! ¡Limpiarán el Prater de chusma extranjera por orden de las autoridades! ¡Hoy cerveza gratis para todos! ¡Mañana gran espectáculo aéreo! ¡No se lo pierdan! ¡Vayan! ¡Lleven a sus familias! ¿Ya se han reído hoy? ¡En nuestro periódico aparece el Führer de visita en el inexpugnable búnker! ¡El tiempo en Ostmarkt: ventoso y ligeramente nublado! ¡Hoy en el teatro: *Lisa, compórtate* (comedia)! ¡Mañana en el cine: *La suegra astuta* (comedia)! ¡El mundo gira! ¡Todo va bien! ¡Ayer nació un niño en un cine! ¡Viva! ¡La Gestapo celebra su aniversario! ¡Pronto será el día de la Madre! ¡Pronto será Navidad! ¡Viena, Viena, *sólo tú serás siempre la ciudad de mis sueños*!

Franz contempló la ciudad. El sol estaba bajo, los tejados brillaban, aquí y allá relucía un rayo de sol extraviado, y las aguas plateadas del Danubio serpenteaban entre las casas hasta desaparecer en las vegas anchas y oscuras. En algún lugar estaba el estanco. Al lado, la iglesia votiva. Morzinplatz. La Ópera. El Prater con la noria. La noria, a cuya sombra estaba a punto de empezar la representación. En cualquier momento el hombre lagarto cerraría las puertas. La chica de la cicatriz limpiaría de nuevo la barra salpicada de cerveza y licor y luego encendería el foco. Monsieur de Caballé saldría al escenario. Las burlas. Hitler. El perro. El maravilloso gramófono. N'Tschina, la tímida chica de las tierras indias. Todo como siempre, como de costumbre. Cerró los ojos. ¿Qué se suponía que debía pensar en un día como ése, en los tiempos que corrían, solo en una montaña que ni siquiera era una montaña, con un montón de escarabajos rojos a los pies y, más abajo, una ciudad que había enloquecido? Todo era imaginable. Todo era posible. Alguien barre la purria del asfalto y echa a las ratas judías de sus agujeros, alguien planta cruces gamadas a orillas del lago y bautiza un barco a vapor con el nombre *Regreso a Casa*, alguien muele a palos y mata a estanqueros y arroja a madres sobre camas sin hacer, alguien que durante el día eleva una legión de brazos hacia el cielo de Heldenplatz y por la tarde corre gritando por los callejones, ese alguien levantaría la noria por la base y aplastaría la pequeña gruta verde con las botas.

De pronto Franz sintió un dolor en la mano izquierda, una ligera quemazón en las falanges, las yemas, los cantos y los nudillos. Diminutos focos de incendio que se propagaban rápidamente y se dispersaban en finas líneas ardientes: por la muñeca, el antebrazo, la parte superior del brazo, los hombros. Cientos de firmas que le ardían, realizadas con el fino plumín de la estilográfica. Anezka, pensó Franz, Anezka. Entonces echó a correr. Bajó la ladera desesperado. El suelo estaba blando y húmedo, las rocas cubiertas de moho oscuro y, por encima de él, susurraban las copas de los árboles. Corrió tan rápido que oía su propia respiración como si fuera el jadeo de un extraño. Por un instante no supo si las ramas que le azotaban el rostro, el pecho y los brazos eran reales o se encontraba en uno de sus sueños, si estaba despierto o soñando mientras bajaba como alma que lleva el diablo la abrupta pendiente del Kahlenberg.

• • •

El espectáculo ya estaba a punto de terminar cuando Franz llegó a la gruta una hora después, sin aliento y con los zapatos sucios de tierra. El lagarto estiró la cabeza hacia él, le cobró sólo la mitad de la entrada y abrió la puerta secreta. N'Tschina ya había bailado y no estaba en el escenario. En los ojos de los hombres, vidriosos por la cerveza, aún brillaba la chispa que ella había encendido. Bajo el foco había un hombre gordo medio calvo. Llevaba un traje amarillo limón, agitaba los brazos en el aire y se dirigía al público con voz de falsete. Detrás de la barra estaba la chica de la cicatriz. Su rostro centelleaba a la luz de las velas; la cicatriz de la mejilla destacaba, nítida y oscura. Saludó a Franz con un breve gesto de la cabeza. En una mesa del fondo había tres hombres sentados y vestidos de uniforme negro. Uno de ellos, un joven pálido de rasgos suaves, llevaba un puñal sujeto a la cintura con una cadenilla de calaveras plateadas. El cómico del escenario contó un chiste: ¿Qué se podía esperar hoy en día de un ama de casa judía?, preguntó. Alguien le gritó la respuesta, todos rieron y aplaudieron y el hombre del traje amarillo limón puso cara de asombro. Franz rodeó el escenario y desapareció por la puerta de atrás. Al final de un pasillo oscuro había otra puerta. Una franja de luz salía por debajo, y las bisagras chirriaron un poco cuando la abrió. El camerino era diminuto y estaba bien iluminado, olía a sudor y maquillaje. Anezka estaba sentada a un tocador con un espejo rodeado de bombillas de colores. Aún llevaba el traje, y la pluma del pelo tembló cuando entró Franz.

—¡Ah, el muchachito! —exclamó, sonriendo mientras se limpiaba con una esponjita la pintura de guerra de las mejillas.

—Anezka —dijo Franz, y el nombre le sonó extraño, como si nunca lo hubiera pronunciado—. ¿Dónde está Heinzi?

Ella se encogió de hombros.

—No está. Se lo llevó la Gestapo.

—¿Por qué?

—Por los chistes. Y por otras cosas.

Franz se quedó mirando su reflejo en el espejo. Una pequeña rotura en el cristal dibujaba una marca oscura en la frente de la chica.

—¿Has recibido un paquete? —preguntó él en voz baja.

—¿Qué paquete?

Franz tragó saliva.

—No sé. Ninguno. A lo mejor es una tontería...

Para entonces ella ya se había quitado todo el maquillaje y empezó a untarse una crema blanca en la frente y las mejillas. El blanco le daba a su rostro el aspecto de una máscara. Franz pensó en las máscaras funerarias que había colgadas detrás del altar en la capilla de Nußdorf. Representaban el rostro de algún santo del pueblo cuyo nombre y origen, así como los motivos de su supuesta canonización, se habían perdido con los años. Dependiendo de la perspectiva o la incidencia de la luz, aquellos rostros parecían amables o pícaros, y asustaban a los niños durante la misa dominical. En realidad, no le gustaban a nadie, pero ningún cura se había atrevido a descolgar las máscaras y guardarlas en el sótano de la iglesia junto con los libros de oración viejos y carcomidos por el tiempo. Al fin y al cabo nunca se sabía, y más valía prevenir que lamentar, pues los caminos del Señor son inescrutables.

Anezka ya había terminado de ponerse la crema. Se soltó unos mechones, se quitó la peluca de la cabeza con un movimiento ágil y la colgó en el gancho que había junto al espejo. Se retiró el pelo de la frente cepillándoselo hacia atrás y miró a Franz con la cara resplandeciente y rosada.

—¿Qué le ha pasado a tu diente? —le preguntó.

—No sé —contestó Franz, tocándose con la punta de la lengua la encía suave que asomaba en el hueco. Anezka dejó el cepillo, se levantó y se acercó a él. Franz podía oler su maquillaje, las pequeñas partículas de kohl de las pestañas, su piel, su sudor, su respiración.

—¡Pues te ha quedado una bonita mella en la boca! —exclamó ella, y se echó a reír—. ¡Ahora eres como yo!

—Sí —dijo Franz, y tragó saliva.

De pronto le sobrevino una leve sensación de náusea. Tal vez fuera por el aire viciado de la gruta. Quizá había corrido demasiado. Dio un paso adelante y dos a la derecha y se quedó mirando la pared un momento. Qué extraño, pensó, que fuera posible perderse en una habitación tan pequeña. La pared estaba enlucida de forma burda y llena de manchurrones. De un gancho colgaba un cable deshilachado que se balanceaba levemente. Franz notaba el corazón, un latido fuerte y cálido en el pecho. Quizá se había quedado atrás, bajando en la ladera del Kahlenberg o en las calles de las afueras de Viena, y ahora le daba alcance. El cable dejó de moverse. La sensación de mareo pasó. Dio media vuelta, dio dos pasos hacia Anezka, le puso una mano en la mejilla y empezó a hablar sin pensar, las palabras le salían a borbotones:

—Anezka, ni siquiera yo lo entiendo, todo el mundo se ha vuelto loco, la gente se tira de los tejados, han matado a Otto Trsnjek y quién sabe qué le estarán haciendo a Heinzi en este instante, los judíos se arrodillan en las aceras y sacan lustre a los adoquines, los siguientes serán los húngaros o los habitantes de Burgerland, o los bohemios, o qué sé yo, quien no tenga la cruz gamada grabada a fuego en el cerebro está acabado, quien no eleve el brazo al cielo ya puede reservar en el Metropol una habitación de la que no saldrá, en Viena ya no se baila, y la peste negra ronda el Prater, ¿no los has visto? Están sentados ahí fuera, bebiendo cerveza y esperando para lanzar a las llamas al siguiente estanquero o judío o cómico. Anezka, no sé si aún quieres estar conmigo, y quién sabe si yo aún quiero estar contigo, eso ya da igual, fuera están las SS haciendo resonar sus botas, pero tal vez aún podamos irnos, me refiero a nosotros dos, a algún lugar tranquilo, a Bohemia si quieres, tras las colinas oscuras, o a Salzkammergut, seguro que mi madre no se opondría, allí podría abrir un estanco y podríamos casarnos, así, sin más, porque a Dios le da igual, y así tú serías...

En ese momento se abrió la puerta y entró el joven pálido. Llevaba la gorra bajo el brazo y miró a su alrededor con interés. Las calaveritas tintineaban en su cadenita del puñal. Franz sintió cómo se le tensaban los músculos del cuello. Bueno, pensó, ahora se abrirá de nuevo la puerta e irrumpirán más uniformes negros. O entrarán en silencio como grandes aves negras. Le habría gustado salir corriendo de allí, del camerino y de la gruta, hacer todo el camino de vuelta, subir al Kahlenberg, bajar por el otro lado y seguir, correr junto al Danubio hasta su desembocadura y más allá. Pero ya no podía hacerlo. Allí estaba. Y también Anezka. Y eso era todo. Exhaló y acto seguido respiró hondo, luego dio un paso adelante, se cruzó de brazos y dijo:

—Distinguido señor, me gustaría comunicarle con todos los respetos que me da absolutamente igual si viste un uniforme negro, azul o amarillo, o si de la cintura le cuelgan calaveras, guijarros o malas ideas. Lo que no me da igual es esta chica bohemia. Es artista y no le ha hecho daño a nadie. Además de que me besó y, por tanto, me hizo despertar a la vida, y de ahí que se encuentre bajo mi protección. Por eso, distinguido señor, me gustaría rogarle sincera y encarecidamente que nos deje en paz. Y si no hay otra y el deber le obliga a presentarse con algo ante su Sturmführer o Bannführer o Sturmbannführer o el Führer que sea, entonces ¡haga el favor y lléveme a mí!

El joven parpadeó. Tenía pestañas largas y un poco curvas y la frente ancha, lisa y blanca. Miró a Anezka. Ella suspiró, pareció reflexionar un momento, sopló para apartarse los mechones que habían vuelto a caerle en la frente y volvió a suspirar. Entonces se acercó al militar, lo rodeó con los brazos, se estrechó contra él y apoyó la mejilla en su hombro, justo en el lugar donde dos cordeles gruesos y blancos pendían de los galones.

—Ah, es eso —constató Franz tras un instante.

Anezka parpadeó, cansada.

—Sí, es eso —contestó.

Franz alzó la mirada al techo. Por un momento una idea cruzó su mente, una idea tan sucia y repugnante como la suciedad que colgaba entre las ranuras de los tablones. Pero la desechó. Deseó poder abrir un agujero en la pared con sus propias manos y huir por ahí;

sólo unos cuantos callejones lo separaban de la noria del Prater. Quería subirse a una cabina y dar vueltas y más vueltas hasta que el dolor desapareciera. El rosado dedo índice de Anezka jugueteaba con los cordeles que pendían junto a su mejilla. El joven tenía la mano en la nuca de la chica y empezó a acariciarle el nacimiento del cabello.

—Tal vez tendría que... —dijo Franz, y se detuvo.

—¿Qué? —preguntó Anezka, poniendo la mano sobre la mano que le acariciaba la nuca.

Franz se encogió de hombros.

—No lo sé —dijo él—. De verdad que no lo sé.

Entonces se volvió y se fue.

De camino a la salida, mientras pasaba entre las mesas, el cómico de amarillo limón hacía una elegante reverencia al público, al tiempo que hacía girar el sombrero sobre su calva bañada en sudor. Cuando ya hacía rato que había salido de la gruta y avanzaba despacio por la estrecha Bretterzaungasse en dirección a la noria, oyó a su espalda los aplausos amortiguados. Pensó en los murciélagos que de niño solía observar; se pasaban el día casi inmóviles, colgados del techo de la cueva de piedra caliza de Unterach, para después de la puesta de sol soltarse con sigilo y salir en una enorme bandada nocturna.

Desde que los nazis se habían hecho con el control total de Viena, y por tanto también de la central de correos, no todo había cambiado a peor, reflexionaba el cartero Heribert Pfründner mientras recorría penosamente los últimos metros de Berggasse. Para ser sincero, debía reconocer que algunas cosas iban incluso mejor. Por ejemplo, pensó, ahora los sellos se llamaban «estampillas» y en general eran más bonitos, más coloridos y en cierto modo más impactantes que antes, con las águilas, multitudes fervorosas, el escudo de Danzig y muchas otras cosas. En algunos sellos ahora aparecía el Führer. Al fin y al cabo, y a pesar de toda la exaltación germánica, el Führer seguía siendo austríaco, pensó Heribert Pfründner, un auténtico austríaco del norte, de la bonita aunque insignificante población de Braunau am Inn, y por tanto debía de saber qué era lo mejor para el país, sus habitantes y los usuarios de correos. Si el Führer no supiera lo que se hacía no sería Führer, sino como mucho alcalde o gobernador de una región, o tesorero del ayuntamiento de Braunau am Inn. Aunque también había algunos aspectos cuestionables, se dijo mientras oía el sonido metálico que producían los sobres y postales que dejaba caer en las profundidades de los buzones del edificio situado en Berggasse esquina Währingerstraße. Por ejemplo, esas historias sobre los judíos que últimamente se oían cada vez más: y es que en realidad ¿no era más bien una vergüenza expulsar a los judíos de sus casas, negocios y despachos, y sobre todo echarlos de todas las oficinas de correos y encima obligarlos a recorrer las aceras de rodillas? O esas situaciones irregulares con la correspondencia que comentaban a escondidas los carteros. Se hablaba de un amplio sótano bajo la central de correos, de salas con luces deslumbrantes donde cientos de hombres y mujeres abrían cartas por turnos y, según el contenido, las enviaban a su destino final o las hacían llegar a las autoridades de correos para una inspección más exhaustiva. En realidad, ahora una de cada dos cartas llegaba en un sobre abierto, lo que, por supuesto, provocaba una gran vergüenza a cualquier cartero honrado que se preciara, y por tanto también a él, Heribert Pfründner, el cartero más honrado del departamento de Alsergrund/Rossau y más allá. Pero bueno, pensó, ¿qué le importaba a él todo eso? Ya hacía tiempo que no recibía correspondencia y, teniendo en cuenta que le quedaban apenas unos años para retirarse, llegaría a la jubilación como pudiera, aunque fuera sin aliento. Además, él no era judío, sino oriundo de la Alta Estiria, y por ende contaba con un árbol genealógico limpio que se remontaba a la Edad de Piedra.

Heribert Pfründner estaba sumido en esos y otros pensamientos cuando al fin llegó al pequeño estanco de Währingerstraße. Sacó de la valija, que le oscilaba en el hombro agradablemente ya casi vacía, un ejemplar de la revista del distrito de Alsergrund y unos cuantos folletos coloridos, echó una mirada rápida a la hoja del sueño de ese día que colgaba en el escaparate, abrió la puerta y entró en la tienda con un «Heilhitler!» bastante alegre para ser él.

Detrás del mostrador, Franz alzó la vista de la contabilidad, con la que llevaba lidiando media noche y toda la mañana, y saludó con la cabeza.

—Estimado señor cartero —dijo con hastío—, puede meterse a Hitler donde le quepa. Por lo demás, le deseo que tenga una buena mañana.

Heribert Pfründner fingió no haber oído nada, se aclaró la garganta, incómodo, hizo crujir un poco la correa de piel del saco, echó un vistazo a las estanterías de periódicos, bostezó, se tiró del nudo de la corbata y se aclaró la garganta de nuevo.

—Seguro que ya ha oído lo que se dice —respondió por fin, y se acercó un poco al mostrador—. Como tiene una relación estrecha, por así decirlo, con el señor profesor...

—¿Con qué profesor?

—Pues con el médico de imbéciles.

—Puede ser —repuso Franz con fingida indiferencia, aunque en su fuero interno se sintió un poco halagado por aquella apreciación casi pública-oficial de su relación con Freud. Con un cuidado especial, secó el plumín de la estilográfica con la esponjita—. ¿Y qué se supone que debería haber oído?

—Pues que el profesor se va. De Berggasse, de Viena, de Austria, y se lleva a su familia, los muebles de la casa y demás bártulos.

Franz asintió, mientras un mal presentimiento le subía por el cuello y se le hacía un nudo en la garganta, para continuar ascendiendo un instante después y extenderse por detrás de los ojos hasta que pareció invadirle toda la cabeza.

—Vaya —dijo, y miró las columnas contables, donde las entradas con la tinta fresca se difuminaban en un borrón azul de cifras.

—Sí, así es —afirmó el cartero con un gesto nervioso—, porque el profesor es uno de ellos. Judío, quiero decir. Y como es judío y además profesor, seguro que ha pensado: antes de que la cosa se ponga fea de verdad, mejor me voy.

—Ya veo —dijo Franz—. ¿Y adónde quiere ir?

Heribert Pfründner se enderezó y se encogió de hombros.

—A Inglaterra, al parecer. A lo mejor allí lo dejan tranquilo. Además, allí hay una reina y seguramente suficientes idiotas dispuestos a pagarle por sus ideas.

—Ya veo —repitió Franz—. ¿Y cuándo se va?

—Mañana, señor estanquero —contestó el cartero, y con un movimiento circular del torso, volvió a colocarse a la espalda el saco, que había resbalado hacia delante—. ¡Mañana hacia las tres de la tarde!

Cuando el cartero se marchó del estanco, a Franz le bullía la cabeza y tardó un buen rato en calmarse y empezar a pensar con sensatez en lo que debía hacer. El profesor también se iba. Todos se iban. Era como si el mundo entero pretendiera irse a algún sitio. ¡Y él acababa de llegar! Guardó la contabilidad y los utensilios de escritura bajo el mostrador, fue a la parte de atrás, se echó un poco de agua fría en la cara y se peinó con los dedos. Volvió a la tienda, buscó en la caja de los Hoyos tres ejemplares bien bonitos, rechonchos y aromáticos, los envolvió con la sección de Cultura del *Bauernbündler*, se puso el paquetito bajo la camisa, cerró el estanco y se encaminó a Berggasse 19.

Los dos policías de paisano se distinguían de lejos. Estaban sentados en el banco, muy juntos, uno con la cabeza echada hacia atrás, como si observara a las palomas en los canalones, el otro un poco inclinado hacia delante, mirando el empedrado. Parecían llevar mucho tiempo ahí sentados, inmóviles, con el trasero pegado al banco, pero cuando Franz llegó al portal y posó el índice sobre el timbre de la consulta del profesor, se dio cuenta de que tenía a los dos agentes justo detrás de él.

—¿Adónde vas? —preguntó el más joven.

—Adentro —contestó Franz.

—¿A ver a quién?

—Al profesor.

—¿Para qué?

—Le traigo sus entradas para el teatro.

—¿Qué entradas?

—Para el Burgtheater, claro —dijo Franz—. Primera fila, centradas, en platea. Schiller, creo, o Goethe. ¡Algo serio!

El mayor se le acercó un paso sin mirarlo a los ojos, sino con la vista clavada en la frente o algún punto un poco más arriba.

—Hoy no hay representaciones para judíos —dijo—. Ni mañana. Y tampoco pasado mañana. Se han acabado las representaciones para judíos. Por eso ahora te vas a largar por donde has venido con tus entradas de teatro, y rapidito, si no quieres que te las meta por el culo tan adentro que ni un veterinario rural será capaz de encontrarlas.

Franz bajó despacio por Berggasse. Los policías habían vuelto al banco y recuperado sus posiciones: una cabeza hacia atrás con la mirada fija en las palomas, y la otra gacha y concentrada en el empedrado. Unos cincuenta metros más allá dobló en Porzellangasse y se detuvo. Bajo la camisa crujía el paquetito. Percibía el aroma de los Hoyos incluso a través del papel de periódico. Se asomó con cautela por la esquina. Los hombres seguían sentados, grises e inmóviles como estatuas. Enfrente de ellos, a sólo unos pasos de la entrada a la casa del profesor, estaba la tienda de un carbonero. Las puertas de madera de la entrada al sótano estaban abiertas; la calle se veía negra de hollín casi hasta la mitad de la calzada. Franz pensó en las pestañas de Anezka. Negras, se dijo, negras como el corazón del diablo. El sonido de un fuerte traqueteo y de los pesados cascos de los caballos anunció que se acercaba un carro de cerveza desde el canal del Danubio. El cochero chasqueó la lengua, los caballos apretaron el paso y el carro subió a trompicones por Berggasse. Era un carro grande, cargado con ocho barriles enormes y dos aprendices cuyas piernas colgaban de la caja de carga. Cuando el carro pasó entre él y los policías de paisano, Franz echó a correr. Avanzó agazapado junto a las ruedas, que le llegaban a los hombros, se apartó rápidamente a la altura del carbonero y en tres pasos se plantó en la ennegrecida entrada al sótano. Se agarró al marco con ambas manos, se metió dentro, deslizándose sobre el trasero por un pequeño tobogán para el carbón, aterrizó con suavidad en un montón de fragmentos, que crujieron, y miró a su alrededor. Había carbón por todas partes: en pilas, guardado en sacos, como briquetas formando brillantes muros negros y en pedazos sueltos esparcidos por el suelo. Debajo de un ventanuco de la pared del fondo había un escritorio sucio, y delante, tres sacos de carbón apilados como asiento. Franz se subió a la mesa, asomó la cabeza fuera y vio un patio trasero que estaba desierto. Los muros eran altos y grises, en medio había un viejo castaño, aquí y allá una ventana abierta, unos cuantos geranios marchitos. Olía a cal húmeda, carbón quemado y lavabos comunitarios. Franz se aupó y salió a rastras. Por una puerta baja del patio consiguió llegar al vestíbulo del número 19. Subió a la primera planta, se detuvo un momento para calmar el pulso, que se le había acelerado, y luego llamó al timbre. La puerta tardó una eternidad en abrirse, exactamente cuarenta y siete latidos, y en la rendija apareció el rostro enjuto de Anna.

—Buenos días, me gustaría hablar con su padre, si es tan amable —dijo Franz.

—Mi padre ya no pasa consulta. —Tenía una voz clara y suave, y los ojos castaños del profesor, pero más oscuros y serenos.

—No vengo por la consulta —aclaró Franz, adelantando la barbilla en un gesto un tanto agresivo—, sino en calidad de buen amigo, por así decirlo.

Anna Freud enarcó la ceja izquierda. Franz siempre había admirado a las personas que poseían esa habilidad. En Nußdorf, según recordaba, eran sólo dos: su madre y Langelmaier, el antiguo maestro de escuela. Franz había practicado durante años, en casa delante del pequeño espejo, o en la orilla del lago, inclinado sobre el agua, pero jamás había conseguido más que una extraña deformación de la frente. Anna quitó la cadena de seguridad y abrió la puerta. Llevaba un camisón de lana que le llegaba casi hasta el suelo, abotonado hasta el cuello y bastante raído, una especie de bata para las noches, las mañanas o para andar por casa. Iba descalza.

—Ven conmigo —dijo, y se adelantó.

Atravesaron la sala de espera y un austero recibidor y entraron en otra estancia. Anna abrió el único mueble, un armario que llegaba casi hasta el techo, donde había colgados, uno al lado del otro, unos veinte pantalones bien planchados. Sacó unos de color tierra y con el dobladillo alto.

—Vístete.

En ese momento Franz se percató de lo sucio que iba. La entrada al sótano había teñido de negro sus pantalones, y con cada paso que daba expulsaba una nubecilla de polvo de carbón. Anna se volvió hacia la ventana, se cruzó de brazos y bajó un poco la cabeza. A través del reflejo Franz vio que había cerrado los ojos. Se quitó los pantalones con cuidado y se puso los otros. Eran pantalones de mujer, anchos por la cadera, más estrechos en las pantorrillas y algo cortos, pero no estaba mal. Cuando terminó, ella se dio la vuelta y asintió.

Pasaron por varias estancias vacías en las que sólo había cajas amontonadas junto a las paredes hasta que llegaron a la consulta del profesor. Anna llamó a la puerta tres veces con la punta de los dedos, luego la abrió con cautela y, con un breve movimiento de cabeza, indicó a Franz que entrara.

Franz tardó unos instantes en ver al profesor en aquella sala vacía a excepción de unos cuantos muebles. Estaba tumbado en un diván informe, con la cabeza apoyada sobre una pila de abultados almohadones y el cuerpo tapado con una manta gruesa de lana. Aparte del diván, en la sala sólo había una estufa enorme de cerámica y una vitrina de cristal llena de figuras raras, hombrecillos y caras de animales.

—¿Qué haces aquí? —La voz del profesor se había transformado definitivamente en el crujido quebradizo de una rama podrida. Estaba más delgado. Sobre los cojines, la cabeza parecía aún más frágil de lo que recordaba Franz. La mandíbula, medio desencajada hacia un lado, estaba en constante movimiento.

Con prudencia, Franz dio algunos pasos sobre el parquet en dirección al diván.

—¿Está enfermo, señor profesor? —preguntó en voz casi inaudible, tan bajo que por un momento ni siquiera él creyó oírla.

—Desde hace unos cuarenta años —admitió Freud—. Sólo que ahora paso el tiempo con una bolsa de agua caliente en un diván que en realidad estaba destinado a otras personas. Por cierto, te ofrecería un asiento, pero me temo que ya hemos enviado las butacas o ya están ocupadas por algún trasero nacionalsocialista.

—No me importa quedarme de pie, señor profesor —se apresuró a decir Franz—. Me han dicho que se va.

—Así es —gimió Freud, y flexionó la rodilla bajo la manta hasta formar un triángulo puntiagudo.

—¿Adónde?

—A Londres. —Se ajustó las gafas en la nariz—. ¿Por qué llevas unos pantalones de Anna?

—Su hija ha sido muy amable... Es que... he tenido que entrar por el patio trasero... por el sótano de la carbonería... porque la Gestapo está ahí fuera...

—La Gestapo... —repitió el profesor, y sonó como si vomitara la palabra.

En ese momento y de forma casi simultánea, ambos elevaron la mirada hacia el techo, justo encima del diván, donde una araña zancuda lo cruzaba temblando. Trazó un amplio arco en un rincón, se detuvo, se balanceó un poco y luego se quedó quieta.

—Le he traído algo —dijo Franz. Sacó el paquetito de debajo de la camisa, desenvolvió los tres puros con cuidado, retirando las hojas de la sección de Cultura, y se los ofreció al profesor.

A Freud se le iluminó la cara. Con un vigor inesperado apartó la manta y se incorporó. Entonces Franz vio que llevaba puesto un traje: americana impecable, de franela gris y un solo botón, chaleco, camisa con el cuello almidonado y corbata perfectamente anudada. Pero sin zapatos. Los pies de Freud, pequeños y estrechos como los de un niño, estaban enfundados en unos calcetines azul oscuro, y el derecho tenía varios zurcidos en la zona del dedo gordo.

—Uno para ahora, uno para el viaje y uno para Inglaterra. ¿Qué le parece? —propuso Franz.

Freud observó los tres puros con un suave movimiento de la cabeza, luego cogió uno con dos dedos y lo hizo desaparecer en el bolsillo de la chaqueta.

—¡Éste para el Reino Unido! —dijo—. Las primeras caladas en libertad.

Cogió los otros dos, los sujetó contra la luz de la ventana, los palpó con cuidado, inspiró hondo y dijo con entusiasmo:

—¿Has tenido alguna vez entre los dientes algo tan magnífico, tan maravilloso, tan imperfecto en su perfección?

Franz pensó en las enredaderas que de pequeño recogía con los demás chicos entre la maleza. Con una navaja, las troceaban en pedazos de la longitud de un dedo y se los fumaban tumbados boca arriba en el embarcadero. Tenían un sabor horrible, a madera, amargo, pero nadie se quejaba. Todos fumaban, pálidos y en silencio, exhalando el humo hacia el cielo e intentando reprimir los ataques de tos que sufrían una y otra vez. A veces, alguno de ellos se metía entre los cañaverales para devolver en el agua, agachado entre las altas plantas, y los salvelinos plateados se abalanzaban sobre vómito.

—No, creo que no, señor profesor.

El anciano se recolocó la mandíbula y esbozó una media sonrisa.

—¡Pues ha llegado el momento, joven amigo!

Ante un gesto del profesor, Franz se acercó vacilante a la vitrina y cogió un cenicero de cristal de plomo, flanqueado por un jinete de terracota sin cabeza y un falo de mármol pequeño, pero bastante erguido.

—No sé muy bien cómo hacerlo, señor profesor, nunca lo he probado.

—Es intentándolo cuando se inventan nuevos mundos —comentó Freud con jovialidad—. Además, no quiero fumar solo en nuestra despedida. ¡Siéntate! —añadió tras otra sonora calada, y palmeó la manta a su lado.

—¿En el diván?

—¡En el diván!

Franz se sentó con cuidado. Le sorprendió su dureza. Duro como las horas que habían pasado ahí los pacientes, pensó, y aun así no era incómodo. Si el profesor hacía un movimiento a su lado, él lo notaba enseguida. Era un poco como si estuvieran unidos físicamente.

Dieron las primeras caladas en silencio. En el techo, la araña había empezado a moverse de nuevo en su rincón; avanzó alejándose de la pared y acto seguido retrocedió rápidamente y pareció pararse ya de forma definitiva.

Franz había tenido que reprimir un acceso de tos con la primera calada, con la segunda una náusea, y ahora, con la tercera, se mareó un momento y tuvo la sensación de caer despacio hacia el parquet. Sin embargo, logró enderezarse y a partir de entonces la sensación mejoró. Tras la séptima u octava calada notó, además de una leve parálisis de la lengua, un bienestar cálido que se extendía profundamente por su interior.

—He oído lo que le sucedió al señor Trsnjek, por supuesto —dijo el profesor, y se aclaró la garganta contra el puño—. Lo siento mucho.

—Sí —dijo Franz al cabo de un instante—. Ahora estoy yo al cargo de la tienda.

Una penumbra amarillenta se extendió por la habitación. Fuera susurraban los castaños, y unos nubarrones grises se deslizaban en el pedacito de cielo que se veía por encima del patio. Freud se cubrió el regazo con un extremo de la manta.

—¡Y ahora encima hace frío! —refunfuñó mientras se frotaba los pies.

—Debería abrigarse, señor profesor. Con un chaleco de lana, tal vez. O una rebeca. O podría calentarse en esa estufa. Tampoco le haría daño cuidar un poco más de su salud. A su edad, me refiero.

El profesor rechazó la idea con un gesto débil.

—A mi edad ya hace tiempo que la salud ha quedado atrás.

—¡No le permito que diga eso, señor profesor! —saltó Franz, y levantó el dedo índice con severidad.

—A los niños y los ancianos hay que permitirles mucho más. Pero quejémonos de otras personas. ¿Cómo te va con tu Dulcinea bohemia?

—No se llama Dulcinea, sino Anezka, y se ha acabado. Mejor dicho: nunca empezó. Tal vez no fue más que un error gigante.

—El amor es siempre un error.

—Ahora está con un nazi. Un oficial, o general, o qué sé yo. En todo caso, alguien de las SS, vestido de negro de arriba abajo y con calaveras plateadas en el cinturón...

Franz se interrumpió. De repente notó la mirada del anciano clavada en él. Se miraron un momento en silencio. Franz pensó que sus ojos, esos ojos peculiares, castaños, claros y brillantes, parecían no corresponder a la edad del resto del cuerpo. Freud abrió la boca y dejó escapar un poco de humo entre los dientes, que pasó por encima de las aletas de la nariz, por detrás de los cristales de las gafas y después ascendió lentamente por la frente.

—Cuando subí al tren en Timelkam me dolía el corazón —continuó Franz—, y cuando Anezka se fue la primera vez, ni diez médicos habrían bastado para curarme la pena. Pero más o menos sabía adónde iba y qué quería. Ahora el dolor casi ha desaparecido, pero ya no sé nada. Me siento como un barco que ha perdido el rumbo en la tormenta y va a la deriva. En eso le va mucho mejor a usted, señor profesor —añadió tras un breve silencio—. Sabe muy bien adónde va.

Freud suspiró.

—La mayoría de los caminos me son conocidos de algún modo. Pero en realidad nuestro destino no es conocer los caminos. Nuestro destino es precisamente no conocerlos. Llegamos al mundo no para encontrar respuestas, sino para formular preguntas. El hombre deambula con sigilo por una oscuridad constante y, con suerte, a veces ve encenderse una luz. Sólo con mucho esfuerzo, perseverancia o necedad, o en el mejor de los casos con todo eso junto, se puede dejar aquí y allá una señal.

Calló, bajó la cabeza y miró por la ventana. Había empezado a lloviznar. Las hojas del castaño brillaban con la humedad. En algún lugar chirrió una puerta y alguien gritó algo ininteligible. Luego se hizo de nuevo el silencio.

—Ese castaño... —murmuró Freud—. Cuántas veces lo habré visto florecer...

—¿En Londres también hay castaños, señor profesor?

—No lo sé. —Freud se encogió de hombros y miró a Franz, que se vio reflejado en los cristales de las ga-

200

fas: un chico delgado con las extremidades deformadas grotescamente.

De repente, una sacudida recorrió el cuerpo del profesor, que se puso el puro entre los dientes, se levantó del diván apoyándose en los puños, consiguió erguirse de algún modo y permaneció así unos segundos balanceándose ligeramente. Luego, con las rodillas crujiéndole a cada paso, se acercó al rincón de la sala. En el techo, por encima del profesor, la araña zancuda se agazapaba.

—¿Por qué demonios puede quedarse ahí mientras yo, el célebre fundador del psicoanálisis, tengo que irme? —espetó furioso. Levantó el brazo y le enseñó un puño amenazador. La araña tembló un momento, levantó una pata, la volvió a bajar y ya no se movió. Freud siguió mirándola, desafiante. Finalmente bajó el brazo y, callado, contempló el papel de la pared, ennegrecido por el humo.

—Creo que esa araña tampoco lo ha tenido siempre fácil, señor profesor —dijo Franz con cautela, rompiendo el silencio.

Freud lo miró como si acabara de descubrir algo nuevo que durante una larga ausencia se hubiera extendido en su diván. Rechazó la idea con un gesto cansado de la mano. Luego dio una calada a su Hoyo ya casi apagado, regresó con pasos cortos al diván y se dejó caer despacio, como tras un esfuerzo terrible. Entretanto, la sala estaba cada vez más oscura. Fuera resonaban truenos lejanos y el castaño parecía inclinarse en el estrecho patio. En la casa reinaba un silencio casi absoluto, sólo roto de cuando en cuando por los sonidos amortiguados procedentes de otras habitaciones de la casa.

Franz notaba la respiración del profesor a su lado, a veces acompañada de un leve carraspeo. Se oía el roce de los calcetines del profesor, que se frotaba los pies, seguido de unos crujidos en el parquet y el chisporroteo del puro. Luego retornó el silencio.

—Por cierto, no he comprado ninguno de sus libros —dijo Franz al cabo—. Es que, en primer lugar, son bastante caros y además demasiado gruesos, y por último no me queda espacio en la cabeza para esas cosas. No obstante, he seguido su consejo y he empezado a anotar mis sueños —añadió—. La mayoría quizá no son más que tonterías, pero hay algunos peculiares. No me refiero a que sean cómicos, sino más bien extraños. No sé de dónde salen. No creo que esas cosas tan raras surjan en mi cabeza sin más, por sí solas. ¿Qué piensa usted, señor profesor?

Freud murmuró algo incomprensible y estiró una pierna. Franz rió entre dientes.

—Los escribo todos los días en una hoja que pego en el escaparate. No sé si eso aporta algo. A mí, me refiero. Pero al estanco le va bien. La gente se para, acerca la nariz al cristal y lee lo que me pasa en la cabeza por la noche. Y si se paran, a veces entran y compran algo. ¡Así es, señor profesor! —exclamó tras una pausa, y soltó otra risita.

Lo invadió una cálida sensación de bienestar, aunque se sentía también un poco mareado, pero de un modo agradable, como si no se hallara en un viejo diván, sino sentado en el embarcadero de la orilla sur del lago, mucho más viejo, enmohecido, medio hundido en el agua, donde siempre había un balanceo agradable provocado por las olas que originaba el barco de vapor. Tal vez fuera por el Hoyo, cultivado en las soleadas orillas de San Juan y Martínez y enrollado por suaves manos de mujer, pensó, y observó la tierna piel de hojas. O por la inaudita cercanía del profesor. Pero quizá se debiera a algo muy distinto, siguió pensando, aunque en realidad daba lo mismo de dónde hubiera surgido ese bienestar repentino: era agradable y punto. No había que darle más vueltas.

Gruesas gotas lluvia golpeaban y se aplastaban contra los cristales de la ventana, y el viento las dispersaba en riachuelos brillantes que iban en todas direcciones. Al otro lado del patio de enfrente se encendieron luces en algunas ventanas.

—No creo que lo sepa, señor profesor —dijo Franz, y giró el puro despacio entre los dedos—, pero Otto Trsnjek no fumaba. Lo que le gustaba era leer la prensa. Lector de prensa y estanquero, que para él era casi lo mismo. De hecho, es gracioso: tantos años sentado ahí, en su estanco, y no querer fumar. Lo sabía prácticamente todo sobre los puros, conocía sus orígenes, cualidades y características, hasta el detalle más nimio, y podía hablar sobre del carácter y los secretos de los mismos como lo haría un médico de las entrañas de un cuerpo, pero no tenía ni la más mínima idea de cómo sabían en realidad. Es muy raro —repitió, pensativo, y golpeó suavemente con el puro el cenicero, colocado entre su muslo y el del profesor, para dejar caer un largo tramo de ceniza—. Por supuesto, yo tampoco sé mucho de fumar. Pero cuando usted vuelva, sabré más, se lo prometo. Porque volverá. Sin duda volverá. Porque la patria es la patria, y el hogar es el hogar. Y en algún momento ese Hitler tendrá que calmarse. Y los demás también lo harán. Y todo volverá a ser como antes. ¿No cree, señor profesor?

Freud masculló algo y Franz se arrellanó un poco más sobre los cojines.

—Seguro que en Inglaterra llueve más que en Salzkammergut, y eso significa que prácticamente siempre —continuó—. Eso no puede ser sano para un señor de cierta edad, si me permite la expresión. Además, tiene que conocer a mi madre. Creo que se entenderían bien. Mamá sabe mucho de la gente y sus tonterías, tendrían mucho de que hablar. Además, podría prepararle *strudel* de patata. El único de verdad, preparado como es debido: en sartén de hierro, con mantequilla derretida, con o sin chicharrones, con o sin lentejas, como usted guste...

Franz se calló. Tenía la sensación de que no había hablado tanto en su vida. Y tal vez así era. En el pasado, no hablar o hacerlo lo menos posible le había parecido la actitud más conveniente, porque ¿qué podía tener uno que contar tan extraordinario cuando vivía rodeado de árboles, cañaverales y algas? Su madre tampoco malgastaba las palabras. Pasaban la mayoría de las tardes en la cabaña en silencio, y era bonito. Su madre. ¿Dónde estaría ahora? ¿Qué estaría haciendo? ¿Estaría pensando en él? ¿En su pequeño Franzl, que ya no era tan pequeño? Parpadeó. Fuera, la lluvia azotaba los cristales. Los cojines que tenía a la espalda eran lo más suave y mullido sobre lo que se había recostado. Salvo los brazos de su madre. Y el vientre de Anezka. Y sus corvas. Y la protuberancia de su omóplato. Y cualquier parte de su cuerpo. Sintió un gorgoteo suave en el estómago. La estufa del rincón contestó con un leve crujido. En la pared oscilaba una sombra. En la vitrina también se movió algo. Un combatiente de madera del tamaño del pulgar se puso de puntillas, levantó la mano despacio y la movió, como despidiéndose.

—Por supuesto, es una tontería —musitó Franz, o lo pensó en voz alta. Nunca en su vida había sentido tanto cansancio y pesadez—. ¿Señor profesor? —preguntó con la voz un tanto temblorosa. Sostuvo el puro delante de la cara y vio cómo el ascua se apagaba ante sus ojos—. Volverá, ¿verdad?

El profesor no contestó, y cuando Franz lo miró, vio que estaba dormido. La respiración era regular, tenía las manos relajadas sobre el regazo y el puro que sostenía entre los dedos llevaba un rato apagado. Franz dejó su Hoyo en el cenicero y se inclinó sobre el anciano. Parecía increíblemente frágil. Como las figuras de la vitrina, pensó Franz. Como si fuera a romperse en mil pedazos si resbalaba del diván y caía al suelo. O a convertirse en polvo. Tenía la cabeza inclinada hacia atrás y la boca un poco abierta. La piel parecía papel amarillento que se hubiera arrugado y alisado mil veces. Se lo veía tranquilo, sólo los ojos se movían de vez en cuando bajo los párpados, como si no quisieran resignarse al silencio y la oscuridad que los rodeaba. Franz le retiró la colilla del puro y la dejó en el cenicero. Con cuidado, colocó uno de los cojines pequeños en la nuca para que apoyara la cabeza, con los dedos le arregló el cuello de la camisa, que se le había doblado, y sopló con suavidad un poco de ceniza que tenía en la corbata. Luego le tapó el cuerpo con la manta y acarició la lana con la mano. Se quedó un momento más en el diván, observando la respiración sosegada del profesor. Antes de abandonar la consulta de puntillas, alzó la vista de nuevo hacia el techo. La araña había desaparecido.

• • •

La tarde del día siguiente, 4 de junio de 1938, el profesor doctor Sigmund Freud, rodeado de su círculo más íntimo de conocidos y familiares, abandonó Viena, donde había pasado casi ochenta años de su vida. Partió hacia el exilio londinense en el Orient Express vía París. Se llevaron a cabo las gestiones y le concedieron la autorización para viajar previo pago del impuesto de salida, casi un tercio de la fortuna familiar. Gran parte del contenido de la casa, los muebles y las antigüedades o ya se habían enviado por barco o bien esperaban en un almacén el traslado a Inglaterra. Para el profesor era un misterio cómo habían acabado con veinte maletas, cajas y bolsas de viaje, así como el hecho de que la mayoría contuvieran efectos personales suyos. Demasiadas posesiones para un viejo, pensó mientras veía pasar el día de viaje como un sueño, una carga inútil en el último tramo de un largo camino. Anna estaba al mando. Tenía en mente el plan e iba ejecutándolo. Pidió dos taxis grandes para que los llevaran a la Westbahnhof, organizó a los maleteros, compró los billetes y le dio al empleado de la ventanilla una propina para que les reservara los asientos. En el bolso de mano llevaba los pasaportes, visados y demás documentos de todos los miembros de la pequeña comitiva, y en una cesta grande había dispuesto varios trozos de carne ahumada y una cazuela de pasta con repollo hecha por ella misma, así como una cantidad considerable de albóndigas de pan aún calientes y envueltas cuidadosamente en paños de cocina. En el fondo de la cesta había escondido una botella de vermut y unos vasitos; pensaba brindar por la libertad apenas cruzaran la frontera. Cuando el grupito atravesó la sala de llegadas acompañado de las miradas curiosas y los cuchicheos de la gente, la madre de

Anna rompió a llorar. Anna le ofreció un pañuelo, le acarició la cabeza y luego la instó de forma inequívoca a recobrar la compostura y seguir adelante. Ella no amaba tanto Viena como sus padres. Tampoco la odiaba, pero en el fondo su ciudad natal no le despertaba ningún sentimiento significativo, así que su partida tan sólo representaba una cosa: nada más y nada menos que huir definitivamente de los nacionalsocialistas. El andén estaba abarrotado. Se oían gritos, chillidos y risas, había personas que se abrazaban, se besaban o discutían por última vez, se llamaban a gritos por la ventanilla abierta del tren, se reunían con gran alboroto en pequeños grupos o permanecían solos junto a sus maletas, con la mirada perdida y un billete azul claro en la mano.

Por algún motivo, el profesor doctor Sigmund Freud quería ser el último en subir al tren, pero su hija lo empujó con decisión para que ascendiera por los peldaños de hierro del vagón.

—¡Déjame, puedo solo! —se quejó él, y ésas fueron sus últimas palabras en suelo vienés.

Anna miró una vez más el andén abarrotado. El alborotado vocerío de la gente parecía inflarse bajo la bóveda de la estación, y ya se oía el silbido agudo que anunciaba la partida. Un viajero que llegaba tarde corría hacia un vagón, varios adolescentes se daban sentidos abrazos, se agitaban flores, sombreros y periódicos, y por todas partes los brazaletes rojos con las esvásticas destacaban entre el caos. Cuando Anna se volvió para entrar en el vagón algo llamó su atención: al fondo del andén, en la entrada del vestíbulo, inmóvil entre el gentío, divisó al joven estanquero. Con la espalda apoyada en la pared y el rostro inusualmente pálido, parecía mirar hacia ellos, aunque no alcanzó a distinguirle los ojos. El silbato se oyó de nuevo, el revisor dio la señal de partida y Anna subió al vagón. Cuando cerró la puerta y el convoy se puso en marcha con una brusca sacudida, respiró hondo y apoyó la frente contra el cristal, que despedía un frescor agradable. A medida que el tren salía de la estación vienesa, el sol vespertino le dio directamente en la cara.

Todo volvía a ir bien. Siempre acaba yendo bien de una forma u otra. Por lo menos, le parecía que había dejado atrás lo peor, que había atravesado ya el valle más profundo y superado los dolores abdominales más atroces. Incluso las alucinaciones habían desaparecido prácticamente. No hacía ni un día y medio que Franz había recorrido de puntillas el parquet de la laberíntica vivienda de los Freud buscando la puerta principal. Al fin, la encontró, salió y la cerró con sumo cuidado. A modo de despedida, resiguió con la punta de los dedos el nombre del profesor grabado en la placa que había junto al timbre, y entonces lo asaltó una extraña sensación en el estómago. Cuando descendió la escalera, aquella sensación se convirtió en unas náuseas abrumadoras. Con los andares torpes de un cachorro, recorrió el vestíbulo del edificio y, por un momento, imaginó que se perdía en la galería de la vieja fábrica de sal que muchos años atrás había visitado con la clase durante una excursión a Gmunden. En aquella ocasión había lamido a hurtadillas las paredes de la galería para saborear la sal de las profundidades de la tierra, pero le había decepcionado el sabor polvoriento de la piedra. Aquellos recuerdos se desvanecieron con la misma rapidez con que habían aparecido, y Franz salió a la calle. La lluvia le azotó la cara; Berggasse se había convertido en un torrente y una sopa marrón salía a borbotones de las alcantarillas. El banco estaba vacío. Cuando Franz se apartó de la puerta, a cuyo pomo se había agarrado para no caerse, dispuesto a emprender el camino a casa, le pareció ver tras la densa cortina de lluvia que algo se movía en una entrada al otro lado de la calle. Pero no ocurrió nada. Tal vez fuera por la lluvia, aunque también podía ser que los policías tuvieran orden de vigilar sólo las entradas, no las salidas. Franz no le dio más vueltas al asunto y se fue a casa ligeramente encorvado y dando bandazos, pero sin que nadie lo importunara.

Pasó la noche y la mañana siguiente en cama con la sensación de tener un abismo oscilante debajo, y encima, sobre el desgastado papel pintado del techo, un conjunto indefinido de figuras extrañas que se frotaban los cuerpos, entrelazaban las extremidades o pegaban las bocas antes de separarse de nuevo y desvanecerse en el aire enrarecido de la habitación. A veces sus pensamientos vagaban hasta la tienda, hasta los puros que reposaban en sus cajas, entre ellos algunos de la marca Hoyo de Monterrey, y cada vez que esto ocurría acababa con la cabeza metida en el cubo que tenía junto a la cama, dejando que saliera todo. Hacia mediodía empezó a encontrarse mejor, y a las tres y media de la tarde se levantó por fin de la cama, con las piernas aún temblorosas, y fue a pie a la Westbahnhof.

Tres cuartos de hora después estaba en el andén, justo donde la densidad del gentío era mayor, junto a la entrada al vestíbulo de la estación, viendo cómo el profesor subía al tren. Se hallaba demasiado lejos para distinguirle los ojos, pero vio cómo apretaba la mandíbula cuando su hija le hizo subir los peldaños de hierro.

Con la mano izquierda agarraba la barandilla mientras que con la derecha se sujetaba el sombrero en la cabeza. En ese momento le pareció tan delgado y ligero que no le habría sorprendido que Anna lo hubiera agarrado del brazo para obligarlo a subir como a un niño. Justo a la hora prevista, las 15.25 h, el tren emprendió rápido la marcha y abandonó la estación en dirección oeste. Franz cerró los ojos. ¿Cuántas despedidas puede soportar una persona?, se preguntó. Tal vez más de las que uno cree. O tal vez ninguna. Sólo hay despedidas, estemos donde estemos y vayamos a donde vayamos; alguien debería advertírnoslo. Por un instante sintió el impulso de dejarse caer hacia delante y quedarse así, boca abajo y con el rostro al pavimento del andén. Un equipaje abandonado, perdido, olvidado, picoteado por palomas curiosas. Menuda tontería, se reprochó. Negó con la cabeza y abrió los ojos de nuevo. Lanzó una última mirada a las vías, que brillaban bajo la luz del sol. Luego se dio la vuelta, cruzó la sala de llegadas y salió a la claridad de la tarde vienesa. El cielo estaba despejado, la lluvia había limpiado el asfalto y en los arbustos cantaban los mirlos. Delante de la entrada de la estación vio la farola de gas de la que se había agarrado el día de su llegada a Viena. ¿Cuánto tiempo había pasado? ¿Un año? ¿Media vida? ¿Una vida entera? Se rió de sí mismo, de ese chico raro que se había sujetado de esa farola, con olor a resina de bosque en el pelo, los zapatos sucios y algunas esperanzas distorsionadas en la cabeza. De pronto fue consciente de que ese chico ya no existía. No estaba. La corriente del tiempo lo había arrastrado y había desaparecido en algún lugar. Todo había ido muy rápido, pensó, tal vez demasiado rápido. Se sentía como si hubiera crecido antes de tiempo.

O simplemente hubiera salido de su propio yo, por así decirlo. Lo único que quedaba era el recuerdo de una sombra escuálida bajo una farola de gas. Respiró hondo. La ciudad olía a verano, caballos, gasolina y alquitrán. Pasó un tranvía repiqueteando por el Gürtel. En una de las ventanillas laterales ondeaba una banderita con la cruz gamada. Pensó en su madre, que con toda probabilidad en ese instante estaba sentada en una pasarela soleada, llorando con la cabeza inclinada hacia el murmullo centelleante de la orilla. Pensó en Otto Trsnjek y en sus muletas apoyadas e inservibles ya en un rincón del estanco. Y pensó en el profesor, que hacía rato había dejado atrás la ciudad y tal vez estuviera ya atravesando los campos de patatas de la Baja Austria en dirección a Londres. Tal vez «se puede dejar aquí y allá una señal», había dicho el profesor; una pequeña luz en la oscuridad, no se podía esperar más. Pero tampoco menos, pensó Franz, y estuvo a punto de soltar una carcajada. El tranvía pasó repiqueteando y dobló por Mariahilferstraße. Parecía que la banderita de la ventanilla bailara.

—Hay algo que resulta raro: cuanto más se alargan los días, más corta parece la vida. Es contradictorio, pero así es. Y ahora le pregunto: ¿qué hacen las personas para alargar la vida y acortar los días? Hablan. Hablan, charlan, conversan y se cuentan historias, y prácticamente sin interrupción. E incluso aunque a veces creas que por fin se va a imponer el silencio, digamos, por ejemplo, en la iglesia o, mejor, en el cementerio (¡por favor!), va alguien y empieza a parlotear de nuevo. Es probable que en el cielo o bajo la tierra siga siendo igual: siempre hay alguien que abre la boca. Pero le digo una cosa: la mayor parte de lo que sale por la boca de la gente durante el día podría ir directo a la basura. Porque todo el mundo habla, pero nadie sabe nada. Nadie comprende nada. Nadie se sitúa. Nadie tiene ni idea. Aunque hoy en día tal vez sea mejor no tener mucha idea. La ignorancia es el signo del momento, y no querer saber nada, la consigna de la época. Se puede observar sin ver nada. O escuchar y no entender nada. «La verdad es la verdad, y punto», se suele decir. Pero yo digo: ¡no es así! Por lo menos aquí, en nuestra bienaventurada Viena, hay tantas verdades como ventanas tras las cuales se sientan personas que han visto, oído u olido cosas, o han creído saber algo. Y lo que para unos es correcto, para otros es la mayor idiotez sobre la faz de la Tierra, y viceversa. Y ahora deme, por favor, un litro de leche, o mejor dos, más vale ser precavido. Lo único del asunto que prácticamente nadie discute es qué ocurrió la última noche. Entre las tres y las cuatro, la hora de las ratas. Para entonces los políticos han dejado de berrear, los borrachos se dirigen a casa y los lecheros aún no han empezado el reparto. Las personas decentes están en la cama a esa hora. O sentadas junto a la ventana contemplando la oscuridad de fuera. Pero, claro, las opiniones difieren un poco. Unos afirman que fue hacia las tres, otros que ocurrió a las cuatro porque ya se veía un velo plateado sobre los tejados. Yo, en cambio, digo: ¡plateado, un pimiento! Era noche cerrada, no se veía ni un resquicio de luna y las calles permanecían desiertas, así que todo estaba dispuesto para esa chusma. Aunque hoy en día lo de «chusma» es relativo. ¿Quién está en la cabeza de la gente? Las intenciones e impulsos de un cerebro humano son insondables, y lo que ayer era gentuza, hoy simplemente viste otra piel y de repente es de lo más respetable. Pero, claro, eso no se dice. Póngame, por favor, doscientos gramos de mantequilla y tres kilos de patatas, de las pequeñas, que sean harinosas para preparar una buena masa de albóndigas de patata y miga de pan. Así que ocurrió entre las tres y las cuatro. Y fue sólo uno. Una persona sola. Un hombre, por supuesto, porque una mujer no malgastaría ni un segundo en una idea tan descabellada. Unos dicen que era de mediana edad. Otros juran por su vida que tenía que ser joven para poder correr tan rápido. Por lo visto, cuando todo hubo pasado salió de Morzinplatz como un rayo y huyó por Berggasse. Un chico osado. Pero también un poco idiota, si me lo pregunta. Cuando existe osadía, la estupidez no anda lejos. Fue pura suerte que no lo atraparan en el acto. De hecho, fue la suerte de los idiotas. Hay que imaginárselo: la policía secreta pulula por todas partes, está en todas las esquinas, delante de cada tienda, en el parque, en la fonda, incluso en la iglesia, mires donde mires alguno de ellos está sentado o deambulando, ¡y descuidan su cuartel general! Aunque no del todo. En algún momento llegaron unos cuantos corriendo. Pero ya era demasiado tarde, amanecía y la bandera, por así decirlo, ya se había izado. Hablando de descuidos, antes de que me olvide: ¿tiene un buen queso quargel? No, ése no, no huele. Un quargel tiene que oler, de lo contrario no es un quargel. Póngame dos cervezas y prepáreme la cuenta, por favor. Bueno, como decíamos: era noche cerrada, no había estrellas, ni luna, ni un velo plateado sobre la ciudad de Viena. Por eso ninguno de los que se sentaban ante sus ventanas pudo ver cómo ocurrió exactamente. La gente fisgonea por pura malicia. Porque la malicia lo vuelve a uno curioso, aunque también lo ciega, y uno sólo ve lo que quiere ver. En cualquier caso, lo que es seguro es que consiguió llegar, sin ser interceptado por la Gestapo ni importunado por su propia conciencia, al hotel Metropol, y se apostó junto a uno de los tres grandes mástiles. Ya sabe, los que enarbolan los tres estandartes con la esvástica, proyectan sombra en media plaza y restallan con violencia cuando sopla el viento del este. Escogió el del medio. Cortó la cuerda sin más, arrió la bonita esvástica de su luminosa altura y la dejó caer en el suelo polvoriento. Ahí se quedó, arrugada y sucia, tal como la encontraron después, con su precioso tejido mancillado. Al parecer, luego sacó un paquete que llevaba oculto bajo la camisa. Otros afirman que nunca existió tal paquete y que llevaba el *corpus delicti* sin envolver. Yo creo que esos detalles son indiferentes al final. Lo único que cuenta son los hechos, y son los siguientes: cortó la cuerda, dejó la cruz de Adolf tirada en la suciedad del suelo y luego sacó esa cosa, ya fuera de un paquete o no, la ató y la izó como la bandera sagrada de Oriente. Acto seguido huyó como alma que lleva el diablo. Creo que lo de que saludó al cielo nocturno es sólo un rumor, o una fanfarronada exagerada y absurda de algunos mirones de las ventanas. En todo caso, la Gestapo llegó cuando ya era de día y, por tanto, media Viena había dado ya rienda suelta a su bocaza maliciosa. ¡Y ahora hay que imaginarse la cara de los agentes de la policía secreta! ¡Qué fallo tan increíble! Porque en el mástil del medio, arriba de todo, en la punta, iluminados por los primeros rayos del sol, había unos pantalones. De hombre, marrones y con pinza, según se veía desde abajo. Estaban ahí colgados, un poco arrugados, un tanto deformados, pero por lo demás inmaculados, así que en realidad no llamaban la atención. Pero ya se sabe que en lo discreto se esconde a menudo lo escandaloso. Y por eso abajo, en el suelo, dio comienzo la función. Todos peleaban con todos, todo el mundo se gritaba, y a causa de la exaltación general nadie pensó en bajar los pantalones de allí. Cuando por fin se le ocurrió a alguien tirar de la cuerda, sucedió algo realmente destacable. Justo en ese momento se levantó viento. Una racha repentina, una ráfaga, un soplido, como quiera llamarlo. El caso es que ese viento repentino se enredó en los pantalones y los elevó. Y ya se imaginará las caras de la policía secreta, desencajadas en las diversas variantes que van del asombro necio a la necedad asombrada. Y es que no eran un par de pantalones normales, sino un pantalón con una sola pernera, pues la otra estaba cortada más o menos a la altura de la rodilla. El viento entró por esa única pernera justo en el momento en que pretendían bajar los pantalones. Y entonces ocurrió algo curioso ante las miradas de todos: los pantalones estuvieron ondeando un rato, pero luego, de pronto, se quedaron quietos prácticamente en horizontal. Por un instante, la pernera del pantalón marrón, arrugada y un poco deformada, se asemejó a un dedo índice en el cielo, un dedo índice enorme que indicaba a la gente un camino. Qué dirección señalaba entra en el terreno de la especulación. En todo caso era lejos, creo yo, muy muy lejos. Ahora sea usted tan amable de darme una tableta de chocolate. Con nueces. Pagaré encantado la próxima vez, si no le urge. Muchas gracias, y hasta la vista.

. . .

La señora Huchel pasó toda la noche en vela, observando la negra oscuridad entre las vigas del techo. Durante la tarde de la víspera la había embargado una peculiar inquietud, un malestar, como una leve fiebre. Tal vez fueran los calores femeninos, pensó, quizá ya le había llegado la hora. Se acostó pronto, pero no lograba conciliar el sueño, así que ahí estaba, tumbada en la cama, mirando la oscuridad y escuchando el silencio. Pensó que el silencio en una cabaña de pescadores suena distinto que, por ejemplo, el silencio del bosque. O que el silencio invernal bajo la cima del Schafberg. O que el silencio que a veces se apodera del corazón. La historia con el apuesto guía turístico pronto había resultado ser un error, una fugaz ensoñación, y hacía unos días que el posadero volvía a estar pesado. Le había puesto la mano en la nuca cuando estaba en la cocina y le había exigido más. Ella volvió a amenazarlo con el ficticio *Oberturmbannführer* Graleitner, pero el posadero no se dejó impresionar. ¿Por qué no había visto nunca a ese señor Graleitner?, le preguntó mientras le deslizaba la mano poco a poco por la espalda. En vez de contestar, ella sacó un enorme cuchillo del cajón y con un solo corte certero le hizo trizas el delantal, que se abrió como una cortina mugrienta, exponiendo los anchos lomos del posadero, que la miró petrificado. Luego clavó el cuchillo en la tabla de madera y se fue. Ahora no tenía trabajo, pero eso tampoco la entristecía mucho. El aire era cálido, sentía el cuerpo caliente y las horas se arrastraban por la cabaña como sombras cansadas. Cuando la luna apareció en la abertura de ventilación que había encima de la lumbre y llenó la estancia con su luz tenue, se llevó la mano derecha al corazón y rompió a llorar. Durante unos minutos encontró la paz, pero luego volvió la inquietud y vertió las últimas lágrimas. Fuera salió volando un ave del cañizo, aleteando con fuerza contra el agua y graznando como un niño afónico. En la ventanita que daba al lago se insinuaban las primeras luces del alba. Se levantó y salió. Bajó al lago descalza. La hierba estaba húmeda y fresca. Sobre la superficie del agua había un velo de bruma gris, y detrás se veía el contorno de la otra orilla. Estuvo un rato ahí, dejando que el agua le acariciara los pies y viendo cómo el lago se llenaba poco a poco de luz. Unos cuantos salvelinos jóvenes le rodeaban los tobillos, por encima de ella planeaban los cormoranes y más allá las tres grandes cruces gamadas se materializaron en la bruma. Oía el latido de su corazón. Un leve escalofrío le recorrió la espalda y, aunque hacía calor, tembló.

—Mi niño —dijo, y cerró los ojos—. ¿Dónde estás, mi niño?

Cuando Franz despertó, no pudo evitar reírse. Sólo le salió un sonido estrangulado que lanzó contra el techo de la habitación, pero sintió como si en realidad la risa hubiera estallado ahí arriba y se hubiera propagado en todas direcciones por el papel viejo de la pared. Parpadeó y se frotó los ojos. La noche había sido corta, demasiado corta para soñar. Aun así, varios retazos de sus sueños se habían reunido y ahora emitían un destello leve en un lugar recóndito de su interior. Se apresuró a coger papel y lápiz y garabateó unas pocas palabras. Se levantó de la cama, se vistió y salió a la calle con la hoja y el rollo de cinta adhesiva. El día había amanecido radiante, la tenue claridad matutina bañaba Währingerstraße y los primeros transeúntes ya se apresuraban de camino al centro. Franz se puso de puntillas, estiró los brazos y bostezó. Como siempre, se había despertado puntual para abrir la tienda. Un estanquero de verdad no necesita despertador, le había dicho Otto Trsnjek una vez, y tenía razón. Franz se dispuso a pegar la hoja en el escaparate. Un sueño nuevo, un nuevo día, pensó. Tenía que volver a limpiar los cristales. A su espalda oyó el rugido de un motor diésel, amplificándose poco a poco. Desde la iglesia votiva se acercaba un vehículo antiguo y oscuro que se detuvo justo delante del estanco. Bajaron tres hombres, entre ellos aquel funcionario de aire taciturno.

—Ya hemos tenido el placer de conocernos —dijo—. ¿Nos presentamos de todas formas?

Franz negó con la cabeza. El hombre sacó una petaca del bolsillo del abrigo, extrajo un purito fino, lo encendió y observó cómo cortaba Franz la cinta adhesiva con los dientes y pegaba la hoja en el cristal. Se oía un ruido metálico que provenía del motor del vehículo.

—Bueno, ha llegado el momento —dijo uno de los hombres con tristeza, al tiempo que acariciaba el capó.

El taciturno lo fulminó con la mirada y el hombre calló. Por la calzada adoquinada pasó una mujer traqueteando sobre una bicicleta pesada, siseando entre dientes con cada pedalada. Al otro lado de la calle se abrió una ventana, apareció una mano con unas tijeras y cortó la corola de un geranio; las flores cayeron en el alféizar y de ahí a la acera, donde el sol las iluminó. El taciturno suspiró, tiró el cigarrillo al suelo y lo aplastó.

—Los días que empiezan de madrugada son muy largos —dijo con gesto de cansancio—. ¿Vamos?

—Un momento —contestó Franz. Se inclinó sobre la hoja y le pegó otro trozo de cinta, muy concentrado.

—¡Eso ya no tiene sentido, chico! —suspiró él taciturno.

—Ya se verá lo que tiene sentido y lo que no —repuso Franz—. Además, me llamo Franz. Franz Huchel de Nußdorf am See.

—Por mí como si eres Franz de las montañas del Tirol —dijo el taciturno con amabilidad—, o Hans de las tierras bajas, o quien seas de donde seas. Nos es indiferente. En el hotel Metropol todos los huéspedes son iguales. Entonces ¿vamos, o he de ponerme de mal humor?

Franz cortó algunos trozos más de cinta y los pegó cubriendo toda la hoja. Los presionó con la palma y cerró los ojos. La hoja estaba caliente, como si el cristal de debajo respirara, un movimiento apenas perceptible bajo la mano. Cuando abrió de nuevo los ojos, vio que le temblaban los dedos.

—Tengo que cerrar —dijo—. Nunca se sabe lo que puede pasar. —Cerró la puerta y giró la llave tres veces. Mientras caminaba hacia el coche entre los hombres, creyó oír por detrás el leve tintineo de la campanilla. Qué tontería, pensó, y subió al vehículo.

Casi siete años después, la mañana del 12 de marzo de 1945, se hizo un silencio extraño en la ciudad. La noche se había disipado como el humo y se había impuesto una claridad turbia. Por la radio anunciaban tormenta y el viento arremolinaba el polvo de las calles y arrastraba hojas sueltas de periódicos. Hacía días que corrían rumores sobre nuevos ataques aéreos, todo el mundo hablaba de ello, pero nadie lo sabía con exactitud. Si no era imprescindible salir a la calle, mejor quedarse en casa o pasar el tiempo en búnkeres o sótanos. De noche, se iluminaban aquí y allá los ventanucos de los sótanos en las calles a oscuras, y si uno se agachaba a mirar por los cristales empañados, veía los rostros titilantes de gente sentada alrededor de velas, jugando a cartas en silencio. Währingerstraße estaba casi desierta. En un banco había una señora mayor tirando migas a las palomas, que picoteaban exaltadas alrededor de sus pies. Las palomas eran las únicas aves que se veían en los parques y las calles. Las demás habían desaparecido el otoño anterior. Una mañana, a primera hora, se reunieron en grandes bandadas como si respondieran a una llamada secreta y abandonaron la ciudad hacia el oeste. La señora soltó un gritito cuando una paloma estuvo a punto de posarse en su regazo. Se guardó la bolsita con el resto de las migas en el bolsillo del abrigo, se incorporó y, cojeando y maldiciendo, se dirigió al portal más cercano. Una chica joven se acercaba con rapidez por el Gürtel. Llevaba la cabeza gacha y las manos hundidas en los bolsillos de una chaqueta masculina que le quedaba demasiado holgada: le colgaba de los hombros como un saco y le llegaba hasta la rodilla. Cuando abrió la boca para ahuyentar las palomas con un chasquido, se le vieron los dientes un instante: pequeños y blancos, relucientes como perlas, con un hueco grande en el medio.

Anezka cruzó la calle y se detuvo. Se acercaba un carro de carbón. Delante, los dos caballos resoplaban y en el pescante iba sentado el carbonero. Sus ojos, dos manchas blancas en una cara negra, miraban apáticos y cansados por encima de las cabezas de los caballos. El carro pasó con estrépito y Anezka lo siguió con la mirada hasta que lo vio doblar por Boltzmanngasse y de-

saparecer. Pasó junto al taller de Instalaciones Veithammer y caminó unos metros más hasta llegar al antiguo
estanco Trsnjek. La pintura del marco de la puerta estaba desconchada, y el escaparate, cubierto por una fina
capa de polvo. Anezka apoyó la frente en el cristal y
miró dentro. La tienda estaba vacía salvo por el viejo
mostrador, las estanterías de pared y el taburete, que
yacía en medio de la estancia como un animal muerto
patas arriba. La puerta trasera estaba entornada y a través de la rendija se veía que el cuartito estaba a oscuras.
Anezka presionó las manos y la mejilla contra el cristal
y cerró los ojos. Por un instante tuvo la sensación de que
el cristal, la tienda, el suelo y el aire vibraban. Exhaló
vaho contra el escaparate y dibujó dos líneas con el
dedo índice en la zona empañada. Al retirarse un paso
dispuesta a marcharse, vio la hoja pegada en el cristal.
De hecho, era más bien un retazo de papel, amarillento
por el sol y ennegrecido en los bordes. Faltaba la mitad
inferior, alguien la había arrancado o con los años se había desprendido. El resto se había conservado porque
estaba cubierto con cinta adhesiva. Anezka reconoció
la letra sin haberla visto nunca. Estaba descolorida y
apenas se leía bajo la capa de polvo, una letra pequeña
y temblorosa, como si la hubiera garabateado un niño.
Se acercó y leyó:

7 de junio de 1938
También el lago ha visto tiempos mejores, los
geranios brillaban de noche, pero es un fuego
y de todas formas siempre se bailará, la luz des

El papel estaba rasgado en la última palabra. Anezka respiró hondo, luego despegó con cuidado la cinta

adhesiva, dobló la hoja y se la guardó en el bolsillo del abrigo. Miró de nuevo el interior del estanco, pero no había nada. Dio unos golpecitos con el dedo en el cristal y se fue. Al pasar junto a la antigua carnicería Roßhuber, de nuevo tuvo la sensación de que el aire vibraba a su alrededor. Sin embargo, esta vez no eran imaginaciones suyas, así que apretó el paso hacia la iglesia votiva y al final echó a correr, mientras el cielo se llenaba del creciente fragor de los bombarderos aliados, un enorme enjambre oscuro que se acercaba por el oeste y sumía la ciudad en la sombra.